U1075042

爱你两周半 Ai Ni Liangzhou Ban

APGTIME 时代出版
时代出版传媒股份有限公司
安 徽 文 艺 出 版 社

徐坤，女，1965年3月出生于沈阳。作家，文学博士。现任中国作家协会《小说选刊》杂志主编，中国作家协会全委会委员。曾任北京作家协会副主席。享受国务院特殊津贴专家，全国宣传文化系统“四个一批”人才。主要从事小说、文学批评及舞台剧创作。已经发表各类文体作品500多万字。代表作有《八月狂想曲》《先锋》《厨房》《狗日的足球》《午夜广场最后的探戈》《春天的二十二个夜晚》《爱你两周半》等。话剧《性情男女》2006年由北京人民艺术剧院上演。

曾获鲁迅文学奖、老舍文学奖、中宣部“五个一工程”优秀长篇小说奖、庄重文文学奖以及《人民文学》《小说月报》等文学期刊优秀作品奖30余次。长篇小说《野草根》被香港《亚洲周刊》评为“2007年十大中文好书”。部分作品被翻译成英、德、法、俄、韩、日、西班牙语。

徐坤文集

Xu Kun Wenji

爱你两周半

Ai Ni Liangzhou Ban

徐坤 / 著

时代出版传媒股份有限公司
安徽文艺出版社

图书在版编目（CIP）数据

爱你两周半/徐坤著.--合肥：安徽文艺出版社,2021.10
（徐坤文集）
ISBN 978-7-5396-7299-1

Ⅰ. ①爱… Ⅱ. ①徐… Ⅲ. ①长篇小说－中国－当代
Ⅳ. ①I247.5

中国版本图书馆CIP数据核字(2021)第185296号

出版人：姚　巍
丛书策划：朱寒冬　　丛书统筹：姚　巍　刘姗姗
责任编辑：刘姗姗　　装帧设计：丁　明

出版发行：时代出版传媒股份有限公司　www.press-mart.com
安徽文艺出版社　www.awpub.com
地　　址：合肥市翡翠路1118号　邮政编码：230071
营 销 部：(0551)63533889
印　　制：安徽新华印刷股份有限公司 (0551)65859551

开本：880×1230　1/32　印张：7　字数：260千字
版次：2021年10月第1版
印次：2021年10月第1次印刷
定价：50.00元(精装)

(如发现印装质量问题，影响阅读，请与出版社联系调换)

版权所有，侵权必究

哈姆雷特之囚禁和假释(代序)

——读《爱你两周半》

李敬泽

徐坤这部长篇小说的基本主题就是肉身与灵魂，它长达10章，我依次看下去，看完第10章时意犹未尽。我认为它还应该有第11章，徐坤只需把第1章原封不动地再抄一遍，这部小说就会有一个真正的结尾。

第1章华彩灿烂，是徐坤式的生花妙笔：一个中年男士正在他的成功、欲望，他对自己的无比热爱和他的巨大幻觉中挺进，他撅着大屁股、腆着大肚子，他的力比多旺盛，他的呼噜震天，他是房地产巨头，他是电视明星，他检阅金钱、女人和浮华都市。徐坤的手在键盘上兴奋地跳跃，指东打西皮里阳秋半真半假嬉笑怒骂，如鼓点儿如RAP如大珠小珠落玉盘，迅速、密集，如高歌猛进的凯旋曲。

但是，事情急转直下，从第2章开始，徐坤的手笔慢了、静了。如果说令人目眩的“闹”占领着第1章，第2章以后倒是有点曲终人散，木叶下，秋风凉。那么，发生了什么呢？该男士和他的世界不成功不欢乐不自恋不利比多了吗？不是的，至少不全是，根本的原因是：一种小小的病毒。对，就是SARS。

SARS，我们现在离它多么遥远，就像一光年那么远。我们已经把它忘掉，而且我认为任何人试图让我们再想起它是讨厌的，令人扫兴。因为SARS向我们突然展示的东西恰恰对我们的生活构成了怀疑和否定,比如死亡。死在我们的精神世界中只是一种遥远、偶然的事故,那是倒霉者是弱者的事,类似于过马路撞上了汽车,我们是如此健壮,我们的时代如此年轻,我们是开汽车的,我们怎么会死呢?

与之俱来的还有“意义”,生命的意义,它是用成功、欲望、消费,用名声、女人和金钱来衡量的。现在仅仅因为不小心沾上了小小的病毒,游戏规则就改了,货币就贬值了归零了,有意义的就变成没意义了,你说咱们能甘心吗?

——诸如此类。所以我从不怀疑我们会很快忘记SARS,我相信每个人即使从那段静的、恐惧的日子里想到了一点什么,我们也会努力把它忘记,生活必须一如往昔。

所以,徐坤在《爱你两周半》中进行了一次堂·吉诃德式的冒险,她把我们重新带回SARS之时,她与我们斗争,她让我们不得不面对肉身的脆弱和生命的荒凉,她难道不知道我们早已经溜了?我们意气风发斗志昂扬好了疮疤忘了疼,我们不仅人不在了连风车都没留下,我们已经重新回到SARS之前,回到《爱你两周半》的第1章。

徐坤当然不可能不知道,以她的精明、透彻,她不应抱有不切实际的幻想。《爱你两周半》也许是力图求证有一种力量可能将我们从意义的荒原上拯救出来,但运算的结果是我们的不可救药。

这个结果其实一开始就摆在那儿了,它不是徐坤在写作中发现的,而是她在写作之前就面临着的。那么有一个问题,她为什么还要写,而且写了10章之多?

我认为有一个根本性的因素引导着她、激励着她,那就是对死亡、对终极的尖锐意识。坦率地说,这不是徐坤一向具备的向度,她是一贯兴致勃勃的,是现世的此时的,即使在激烈的《春天的二十二个夜晚》中,徐坤也从未在终极意义上追问和衡量那些痛苦、那些战斗。但现在,这个作家变成了哈姆雷特,她徘徊自问:“生存还是死亡,这是一个问题。”

这是个问题吗?当然是,但这也是被我们的文学、我们的文化和我们的心刻意回避的问题。哈姆雷特必须被囚禁,他是不合时宜的,他将打扰我们,他使我们不能专注于肉体、消费和增长……

于是,我们最终还是得回到这部小说的第1章,人的现实境遇在第一句话中就已经袒露无遗:这是战斗,是胜利,也是丑陋和虚妄;是欢乐,也是厌倦、欲望和肉体;它们是自由,也是牢笼,是不可抗拒的专制力量。在这种力量受到干扰的时刻,在仅仅两周半里,灵魂获得了短暂的假释。

这是人的悲剧,也是《爱你两周半》的无奈和怅惘。

原载于《北京日报》2004年5月31日

1

顾跃进无论在外面折腾到多么晚，都一定要赶回家里睡觉，绝不会滞留在酒店、洗浴中心或者其他什么人的床上对付着睡。他必须要赶回自己家里休息，心里才能踏实。

可是这一次，他不小心在外面睡着了。这一睡，就睡出了惊天大事。

本来，那天晚上他也没想要到于盈盈那里去。晚上他在渔港海鲜城招待一个客户，陪着喝了不少酒。

2003 年的春节过后，眼见得商品房销售的旺季临近，一进 4 月，各地产公司都展开了促销大战。军博的房展会总是挤得密不透风，晚报在周末还开有老百姓免费看房车，到京郊的各处相关楼盘去看房。商家为促销简直是八仙过海，各显神通。经过新旧世纪交替之际的左右摇晃和大盘调整，京城的地产业在进入 2003 年以后已经日趋成熟。谁都知道北京的房价在全国来说是最高得没谱、最不合理的，可偏偏还是人气旺盛，不光本地的人，似乎人人都在喊买房，就连外省甚至外国拿现金前来购房的人也趋之若鹜，买房都跟买大白菜似的。这个现象多少显得不可理喻。连经济学家也没能给出一个过硬的、能让人一听就信服的说法。京城的地产业是在一种非理性状态和极度亢奋中向前平移。

就在别的地产老板做适应中产阶级的楼盘时，京城小地产商顾跃进却早已经把那些做腻了。早先，他在京郊的依山傍水地段，打造“塞纳河左岸”“欧罗巴花园”“香榭丽豪庭”“曼哈顿明珠”等洋气扑鼻的楼盘，用罗马斗兽场柱廊、巴黎凯旋门、柏林勃兰登堡门那样高大的门洞，来炒作一部分先富起来的人脱亚入欧的“尊贵”“富有”“品位”的概念，大把大把地赚取中国土老帽儿的钱。等到众开发商蜂拥而上，都跟在后边仿造和炒作时，他却笔锋一转，点石成金，在城市里的最中心地段，做土得冒烟儿的“帝都烟云”庄园，完全用老四合院、影壁、门墩、后花园这些旧物，按照清朝王府的造型，搞出售价每平方米2000美元的豪华精装修版，目标直取老外的口袋。当然，若能顺带着抓挠一把海归、台港澳三地人士，以及大陆的金领怀旧派的钱袋也算是搂草逮兔子。

无论怎么说，这都是一个有文化、有胆识、有魄力的开发商所能干的事情。引领新潮流，勇于吃螃蟹，他要让他小区的中国业主，都成为这个没文化时代的法国左岸派后先锋派，而让他楼盘中的老外和海归业主，都成为身体力行热爱弘扬中国传统文化的高档国粹派。

眼下顾跃进的“帝都烟云”庄园，正处于热卖中。这些豪华精装修的高档四合院，是在老四合院拆迁过后的“死尸”上建起来的，位置正好接近旧时城门楼子的旁边，环绕在距今800年树龄的两棵老榆树周围，远接紫禁城，外靠CBD。站在每家四合院大门墩子上极目远眺，只见远处古树参天，绿瓦红墙，朱楼青院，800年帝都风光尽现眼前。老北京的天文台、博物馆慢悠悠地矗立在晴爽碧空下，一对对鸽子打着呼哨直上蓝天。护城河水缓缓流过，高墙深院内探出的枣树花和洋槐花，飘满了沁鼻的馨香。

中间那个叫“子门广场”的公共绿地，则设计成敞开式建筑，欢迎附近的平头百姓和游客纳凉休闲和观赏，他们的一举一动身段造型，无意间就免费担任了“帝国风光”VCD宣传片的群众演员：

（乐起）年轻母亲推着婴儿车，手上还拿着《疯狂英语》，一边朗读一边在石子甬道上悠然地散步。几个老太太坐在长椅上，一边手里织着毛线，一边批判着电影明星的个人生活作风败坏。几棵上了岁数的钻天杨下，老头们围着石桌石凳，一边下棋，一边激烈争论中南海的人事变动问题。开满粉红色花朵的合欢树下，一对年轻恋人箍在一起在没完没了地接吻，女的跨坐在男的大腿上，几乎成了欢喜佛的模样。患过脑血栓有后遗症的老人拄着拐杖在踉跄学步。放风筝的孩子，一边奔跑一边仰望蓝天，使劲拽着手里的蜈蚣和大龙。春天，万物都在竞相苏醒。

（旁白）：帝都烟云，如歌如画，呈现了京城800年的古韵。这里的一切都体现出舒缓悠然的意境。无论谁住在这里，都会觉得自己体会到了原汁原味的中国文化。

因为楼盘的售价高，顾跃进的客户就显得不光是上帝，还是上帝的祖宗。每得到一个客户，每扎着一个款，所获取的利润，都是别的开发商所望尘莫及的。因而这个春天，公司开展营销大战，公司从上到下，包括顾跃进自己在内，对每一个客户都小心翼翼拼力争取，丝毫不敢怠慢。

那晚顾跃进陪的，就是京城一家网站的首席执行官，也就是简称 CEO 的家伙。那家伙身量不高，西装革履，说话有点口吃，一只眼睛还稍微有点斜视，虽说留美回来，但长相和说话显得老土，不像喝过洋墨水的。他比顾跃进还小好几岁，回国后就投身 IT 产业，不小心就成了时代的精英和宠儿。在网络泡沫经济中，别人烧钱烧死了，他却幸运地没有被烤化，仗着一个海外财团的鼎力相助，硬挺着坚持下来。等到把别的网站都给靠倒之后，他独立潮头，弄潮儿向滩头立，手把旗杆脚不湿。天下英雄死掉，遂使竖子成名，转眼间身家上亿，很快上了中国福布斯富豪榜头几名，成了名副其实的“钻石王老五”。CEO 原先在郊区就有两处房产，有三辆豪华车。最近顾跃进不知从哪里得到消息说，王老五同志要结婚了，欲娶一个美国大妞儿做媳妇。那媳妇热爱中国文化，他们有意在京城老城区买房置业。这个消息令人振奋，顾跃进一听，立马不失时机，挖门盗洞，拐了好几个弯儿，通过好几个朋友介绍，才把 CEO 请来吃饭。

网络精英把未婚妻美国大妞儿一块带来赴宴。说起这个 CEO，他们以前在作秀场合见过，彼此点过头，只不过不熟。那种场合，作秀嘉宾都互相拿着劲，谁也不想被比下去。这回不同，对方是买方是上帝，顾跃进是卖方是孙子。所以他满腔热情地招待，递过不少套近乎的话。再斜眼偷偷一看那大妞儿，眉深目阔，鼻高口大，长得像国外泳装挂历上的美人儿。顾跃进好歹也是在美国大街上走过的人，知道在中国人眼里，外国大妞儿都显得漂亮，不足为奇，也看不出细微的区别来。他遂将临时涌上来的嫉妒、暗羡之心往下压了压，专心兜售他的生意。大妞儿会说汉语，很热情活泼，跟未来老公亲热时也不背着人，时不时地摸一下老公头发，在他脸蛋上亲一下什么的。顾跃进看了，不免有点眼热。

一顿饭吃下来，本还要按照套路，接着有桑拿洗脚那一套。因为他们是男女同来，进行一些男人的享乐多有不便，网络精英就说免了吧，顾总咱弟兄也不是外人。今儿我还有事，先走一步。改天抽空我再去您那地盘看看。顾跃进说好好，那咱兄弟一家人就不说两家话。

众人握手，道别，送了精英公母俩上车。顾跃进这才感到身子有点飘。今天他自己开车从公司直接来的，司机那会儿正好让他派出去给客户送资料了。他给司机打电话让他过来取车子，自己招手叫了一辆出租车。车子从酒店门口开出来，拐弯，向左，驶到街上。今天省去了桑拿，饭局结束得早。街上的汽车仍然很密。对面来的路上，大灯的眩光连成一片，自己车的前方，红色尾灯连成一片，红红白白，煞是耀眼。出租车开得不快，一股燥热不时在他身体里涌动着。不知是被酒精刺激的，还是刚才看见人网络CEO男女俩打情骂俏刺激的，这燥热从喉咙、肺管，一直热到手心、脚心。顾跃进摇下车窗，让春天夜里的暖风，微微地往车里吹拂。微微的暖风，像一只细软的小手，在他的脖颈上、面颊上，轻轻拂动，撩拨着，搞得心里更加痒痒。他扯开脖子下的两粒纽扣，还是觉得热，觉得燥。路旁的黄色迎春花、白色苹果花和嫩绿色梨花、金黄色蔷薇花在暗夜里竞放,吐出浓烈的芳香。这和美的气息,熏得他越发昏昏欲醉、昏昏欲睡。他一边在春风里沉醉,一边使劲眨眼,控制着让自己清醒。

走了一段,他还是晕,酒有点上头。辨认了一下方向,顾跃进见已经走到了南三环惠莆里地区,模模糊糊想起于盈盈家就在附近。顾跃进于是就拨通手机,响了五六声才有人接。顾跃进说:你在家? 那边一个娇娇嗲嗲的声音说,是谁呀? 是我老公吗? 我不在,你在跟谁说话耶? 顾跃进说,等着,我马上过去。

说着,不等对方回答,“啪嗒”一声合上摩托罗拉机盖。

这种说话方式,在不明就里的人看来,多少显得跋扈、霸道。于盈盈最初也接受不了,有过几次后,也就明白了,顾总多数时间都很自我,而且还很情绪化,想一出是一出,想什么是什么。兴许是做决断惯了,他说的话就是圣旨,幽会时从来不事先约,打电话来时多半也不问对方是否方便,说完就自我挂机。说到,人马上就到。这种行径,也不是一回两回了,多数发生在他喝高了之后。

跟一个喝高的,且正处于高潮点上的人,是没有道理可讲的。于盈盈到现在还没有彻底把握好他的脾气,也属于正在摸着石头过河的阶段,所以一般情况下也就顺着他。

顾跃进让司机左一把右一把地拐进去,上了辅路边的一条小道,从三环主路进入于盈盈住的地方。这是一个老式居民区,大概是 20 世纪 90 年代初的建筑,间隔小。道路本来不宽,路旁还违章停了一排车,就使得这段大约有 500 米的小道更加狭窄逼仄。顾跃进指挥的士司机好不容易认准方向开进去,付了车费,晃晃悠悠下来，费劲巴拉地爬上五楼，见到了那个似曾相识的鸡屎色的防盗门(毫无疑问是20世纪的产物)。还没等敲，门一开，于盈盈就从防盗门里探出手来，一把把他拽了进去。咣当一声，门在背后关上。啥还都没看清，于盈盈一个蹦高往上一蹿，八爪鱼似的盘了上来，手脚舌头脸蛋什么的并用，手臂箍住脖子，两腿缠在腰上，蛇似的把他缠紧了。

顾跃进一边嗯嗯呀呀吃着到嘴的口条，一边上头用胡子蹭，下头手也不老实，顺着滑溜溜的真丝睡袍，闷哧闷哧地说，哟，什么也没穿哪……

于盈盈哼唧了一声，说：嗯哼……人家想你嘛！又吐一口气说，老公耶，人家平时想见你一面都难，今天怎么有时间来耶？

顾跃进说：不是忙嘛。想我了？嗯？告诉我，真想我了？嗯，让我检查检查，看是不是真想我了……

于盈盈一扭身，刺溜从他身上滑下来，说：嗯哼，你坏！你坏！快去洗手。人家都等不及了。

黏糊够了，顾跃进这才放下于盈盈，走进屋里，呼哧带喘的，一件一件往下扯衣服。他喝得太飘，已经分不出手上的轻重，衣服给扯得绷掉一个扣子。于盈盈赶紧给他帮忙，解扣子，卸皮带，脱得光溜溜的。顾跃进又想动手，于盈盈连忙一躲，从后面推着他，撒着小娇，连哄带劝，往卫生间里推。于盈盈一边推，一边还忍不住抿嘴像狐狸似的哧哧哧笑。

顾跃进前脚都迈进去了，好像又听到她在后边笑，就停下脚，回过头来，问，你笑啥？

于盈盈更笑了，兀自笑得弯下腰，说，我笑你的大屁股，大屁股……就跟大别克的大屁屁一样……

顾跃进一听，说：好哇，你敢说我大屁股，看我怎么收拾你！说着，转过身，举起大巴掌，做出欲抓她状。于盈盈哧溜一声躲进卧室，把门关上，仍旧躲在门后嘻嘻笑个不停。顾跃进这才消消停停地进去洗澡。

这是于盈盈租住的一间老式楼房，一居，麻雀虽小，却也五脏俱全。客厅卧室厨房卫生间俱备，上下水、几气几电都有。于盈盈家不在北京，是外来户，从广播学院毕业后留京分到电视台工作。25岁的于盈盈，长相酷似章子怡，身材丰腴程度又直撵巩俐。她属于初看时不惊艳，却很耐看，越细瞅越有味的那种女人。她知道作为外地青年，想在北京扑腾，在电视台这个众人瞩目的地方，出人头地，做一个名编导名主持，没个人照顾，是上不去的。只可惜她初来乍到，投靠无门，一直在社教部窝着。按照她的理想，是想做新闻或综艺节目，那才是最能显示才具最容易出名的地方。但就她个人的力量来说，能留在北京，分到电视台，已经很不错了，已经是费了九牛二虎之力。她那会儿毕业实习时恰巧分派到电视台，做过一期实地调查节目获了奖，再加上实习时带过她的部门主任极力推荐，帮忙说好话，才得以进来。当然，那好话也不是凭空说的，他们在实习出外景时有过一夜情。于盈盈的表现不错，很像是懂得规矩，干完事也不会给男人添麻烦的那种。部门主任对她喜爱有加。分来上班以后她跟部门主任的幽会更加频繁，本想着今后再靠一靠，谁知，好景不长，没等借上力，部门主任就因为查出了经济问题而被“双规”。

于盈盈一时泄气。待着无聊，她就跟着新闻部的几个同校师兄出去采访，帮着打灯、做做记录什么的。实际上她那双漂亮的丹凤眼，无时无刻不在觑眯、踅摸着各种出头的机遇。在一次采访中见到顾跃进时，就见她的丹凤眼一亮，眼睛里射出了灼灼火光。

顾跃进？够著名的了，大名鼎鼎，如雷贯耳！单是地产大鳄、精英儒商、著名文化经纪人、策划人这些头衔，就够她耳热心跳了。更让她心跳加速的是，顾跃进这次来谈的，又是他计划进军传媒市场的专题节目。面对从不同机位瞄准的大镜头，头顶着烤得人直冒汗的几千瓦的大白灯光，顾跃进神情飞扬，侃侃而谈，学识渊博，口才骄人，大谈出资赞助文化事业的重要性，谈美国传媒大亨纽豪斯的经营之路，谈纽约地区的文坛名人录“狐死户”（Who's who），谈他下一步设想打造中国网络电视传媒一体化文化产业经济的宏伟设想。

于盈盈听得面带潮红，对顾跃进的景仰之情，有如滔滔江水，绵绵不绝。从他的伟大战略和不菲身家中，于盈盈进行了瞬间的超级链接，一下子就找到了开拓自己人生光辉前景的个人网页，那上面布满了明星于盈盈的特大号写真，以及无数粉丝拥趸的欢呼留言。寻觅已久的梦中情人已然在眼前清晰地耸立，此时不上，更待何时？

于盈盈眼神流光溢彩，紧紧盯着顾总，一副娇羞少女战战兢兢崇拜的模样，每一眼，都力图要盯到顾总皮肉最深处，这里扎下一根针，那里揳下一根爱情倒刺儿，直搞到顾总浑身刺痒，不得不有所动作，伸手把她拔一拔才能算体恤关怀到位。

访谈结束后，全体工作人员与顾总共进晚宴。于盈盈本来是配角，没她什么事儿，她却偏要脱颖而出，主动出击，频频跟顾总举杯敬酒，然后毫不犹豫地大口灌下，先干为敬，非要成为宴会上的中心点。那身段，那风骚，看得顾总没法不跟着喝个脸热心跳。

顾跃进本来就是一个多情种子，一见漂亮女人就能自我兴奋。现在面对着一个上竿子前来实施美人计的电视美眉，他的荷尔蒙又燃烧起来了，基本上也是来者不拒，将计就计。顾总这人有个特点，就是喜欢尝鲜儿，不光女人要鲜儿，就连她们所属的职业也要鲜儿。他宠幸过的女人当中，还真就没有两个人在同一个行业的。这也算是顾跃进的怪癖之一。他曾听到民间有个传说，说是一地电视台里的漂亮女人，都是给当地台长副台长、市长副市长预备的，别人根本就轮不上。他顾跃进老总还真就没有机会享用过。凭什么他就不能享用一回呢？

若说起来，顾跃进对电视及其他所属的“台”产生兴趣已经不止一日。他特喜欢上电视，不光是因为个人本身有表演欲，认为自己长得美，爱上镜头显摆，而且也知道电视宣传广告力量的巨大。一般只要是电视台邀请做嘉宾，不管本市还是外省，他都不拒绝，因为他明白这就是他家楼盘的软广告。上过一两次电视后，他就有了经验，往后再去当嘉宾做节目，一定事先要求电视台里的专业化妆师给化妆，还指名道姓要化男播音员那样的妆。就是使劲往脸上刷大白，把麻子和火疖子都严严实实盖住的那种脂粉厚厚的电视妆。别的老板不懂行，或自己不太在意，就裸着一张日常的脸来上镜。殊不知,电视是一个能把人的长相缺点放大的东西,那大白光一照,外加推到脸盘子跟前的特写镜头,再好看的人也禁受不起,一点点雀斑和瘊子也会被无限放大,放出来的效果全都比本人丑。而别人一丑,更映衬出化过妆的顾跃进老总在亿万电视观众面前一副美男形象。顾总人都这么美,他的楼盘还能不美? 个人形象就是公司形象喔!

电视让他熠熠生辉。他对电视充满爱戴。

如今这电视及其所属“台”的这层光环,都落实到眼前的漂亮美眉上。顾跃进兴奋不已,喝得满脸桃花,同时口吐莲花,一会儿叫她“章美眉”,一会儿又叫她“巩美眉”,搞出一波又一波调情小调。见酒已经吃到这种形状,座下的一干人等也都是行走江湖的老手,一眼也就明晰了。个别心怀叵测者就推波助澜,提议于盈盈跟顾总单独喝个交杯酒。于盈盈只是一味掩口哧哧哧地笑,很有一点花枝乱颤的味道。众人实施温柔的语言暴力,强拉硬拽哄着她起立,去跟顾总把杯子儿交。这于盈盈也就顺水推舟,晃晃悠悠站起来,扭扭捏捏走到顾总身边,主动去挽他胳膊拽他手儿。他二人果真也就当众吃了个交杯酒。

酒是色媒人。色靠酒推助。一切全都“酒”到渠成,向床上发展。两个相差20岁的男女,他把她和“电视台”捆绑在一起宠爱,她把他和“出资人”“赞助商”打包在一起送抱投怀。

怎么想,都是天造地设的一对儿。

顾跃进洗完澡出来,于盈盈已经像一块香喷喷的肉团一样伏在床上等他了。

顾总飘飘欲仙，正在酒劲上，就没完没了，愉快而健忘，把生意上的烦恼，也包括自己是谁，统统忘却。

完事之后，于盈盈还是不饶他，手脚都不闲着。

他说："小姑奶奶，你还有完没完了？"

等到最后，于盈盈瘫倒在他身边。

他还带着胜利的喜悦，跟她嘀嘀咕咕：你说酒这个东西到底是邪乎，有时能让它硬，有时能让它软。

于盈盈假装高潮以后疲倦的样子，嗲着声说：是酒邪乎还是人邪乎呀？

顾跃进这时候是真的折腾累了，眼睛一闭，就不由自主眯缝着了。这一觉，睡得昏天黑地。

一般，他心里有事就睡不实，而且，还像体内有个闹表似的，说啥时候醒就啥时候醒。绝了！ 商场如战场。这么些年，从一个小皮包公司到房地产老总，练出来的，睡觉时有一根神经都是警醒的。

然而，今天却是不同了。人间四月天，正是四月美好的季节。春困。酒醉。一个小 20 岁女人的爱情。睡得死。

这一睡，就到了大天明。

醒来，睁眼一看，不知置身何处。抬眼一瞧，于盈盈还披着睡袍在床头呆坐。顾跃进忙看表，一看快八点了，说：哎哟，我怎么睡着啦？

于盈盈心直口快地说：不光睡着啦，还打呼噜呢。

顾跃进心里忽地一沉，拉下了脸，夜里的那一点点缠绵悱恻全没有了，只想快点逃离此地。

于是他赶紧下地穿衣洗漱。下床，捡起扔得哪儿都是的衣服裤子，还是皱巴巴的。心里掠过一丝不快：到底是小，不懂事，不知道给叠好挂起来。想到办公室套间衣橱里还有西服，下车后赶紧换上再出来见人，也还来得及。

抹擦两把脸，赶紧就往门口走。牙也没刷。没有备用牙刷。

于盈盈说：不吃饭啦？顾跃进说：不吃了，公司还有事。

按程序，都是他自己下楼，于盈盈不出来送，免得目标大，招人闲眼。

于盈盈关上房门。一会儿，听见楼下嗓门很大的声音传来：我公司还有外事活动，你们让我过去，耽误了可是国际影响。

不知哪里来的警卫人员说：我们是奉指示办事。这个楼里的人，谁也不能出去。

于盈盈一惊，赶紧打开窗户向下望去。只见楼周围，用黄线圈起来，画出了隔离带，各个单元门口，都有穿制服的警卫把守。正在这儿纳闷，却听见楼下小电喇叭响了，一个社区大妈手握小电喇叭喊：居民同志们注意啦！本楼四单元昨天晚上发现了一个“非典”病人，现在已经送往医院。为了您和他人的健康，按照市政府的指示，这栋楼里的人全部要隔离观察 14 天。请大家谅解并给予配合。

于盈盈一听就蒙了。还没回过神来，就听门一响，顾跃进气急败坏地上来说：走不出去了，被隔离了。

顾跃进做完爱以后，一般是不会留在女人床上睡觉的。通常情况下，不管他和女人在床上玩得多么累，心脏扑通扑通跳个不停，腿脚软得像被打了麻药，他都不会迟疑，每次翻身即起，一边系裤带，一边捋衣服推门走人。下楼，开车门，拧动钥匙，一踩油门，吱扭一声，人就逃窜出去多远。

他总是要以最快的速度回到自个儿的住处，开门进去，一头栽歪瘫倒在床上，经常是连衣服也来不及脱，就猛猛地昏睡过去。

若说，干完活后连喘口气儿歇歇都不歇，又是何苦？在哪儿歇还不是个歇，在哪儿睡还不是个睡？

可是，不行。对顾跃进来说，做爱和睡觉就是有着本质区别，根本就是两回事。做爱，似乎跟任何女人都可以，随时随地都可以来上两盘，没有发情期不发情期的限制，灵便得很，简单易行；而睡觉不那么简单，除非独自入眠或早先跟家里老婆同睡，否则，任何人躺他身边，都让他睡不着。

这个毛病，以前他并没有，而是后来发生的那两件事儿，才让他逐渐落下了病根。以前在他还属年轻那会儿，他经常是仗着体格好，耐力棒，没完没了地逞能。有时能一口气连干四五盘，干完也不休息，接着还能再去郊区跟哥们儿骑一次马或喝一顿酒。没有人提醒他，这样做会引起机件劳损亏虚。即便有人提醒，依照他那好强的心理，恐怕也不大听得进去。

但是从那次以后，身体发出了奇怪的信号，他才不敢再大意。那一次是他跟一个美国回来的老情人做。那个女人英文名字叫苏珊娜，他一年前才刚在纽约认识她，他们这个企业家代表团赴美参观访问时，苏珊娜负责接待并担任随团翻译。他乡遇故知，两人年龄相当，相貌匹配，顾跃进在一个以中老年企业家为骨干的队伍中显得面相清俊，才高八斗。他不光殷勤好动，助人为乐，而且幽默风趣，逗人开心的笑话一套一套的，苏珊娜很难不多看他几眼。两人在从美国东海岸到西海岸的一路旅途颠簸中勾勾搭搭眉来眼去，最终发展到洛杉矶酒店的宽大豪华的五星级床上时，顾跃进却已经被十几天下来的西餐奶酪折磨得痛不欲生，尘根已经不能有效地崛起了。异国他乡，酒店客房飘拂的奇异香水味和浓烈的咖啡气息，都使得顾跃进找不到北，任凭怎么努力都是白费。最终不得不臊眉耷眼地从苏珊娜身上滚落下来。

那是他个人征战史上绝无仅有的“滑铁卢”之役。兵败之后，顾跃进曾经自我羞惭了好一阵子。下次苏珊娜回国，终于有了让他一显雄风补回面子的机会。在自己的地盘上，吃过鲍鱼龙虾，喝过壮阳酒，顾跃进如鱼得水，进退有序。扯下苏珊娜海绵衬里的胸罩和蕾丝花边内裤之后，就裸露了扁平的胸脯和留有妊娠斑纹的肚皮，让人非常不起兴。上一次在国外时紧张得连她脱了衣服身体什么样都没看清楚。顾跃进第一眼还颇有些失望，没想到就是这样一个瘦巴巴的越洋修炼的女人，却是体能劲霸，床上的活儿精细，叫起床来像把国外的盗版黄碟真人表演到了眼前。顾跃进受到刺激，惊奇之余也是欲罢不能，弹药库全给倒腾空了，最后几乎是拼了老命，才勉强算没有丢丑败下阵来。大战三个回合，不分胜负。

完事后出来，他却感觉不行了。身体不大对劲。脑子里真空，脚底下磕磕绊绊，虚飘得很，像喝醉了酒。最难受的还是两条腿，只觉得小腿肚子上像有小虫子乱爬，倏倏倏倏，上来下去，又疼又痒。难受得他坐也不是，站也不是。他一边轻踩刹车油门，一边不停地俯身伸手乱抓，把小腿的皮都挠破了，却不知痒来自何方。抓心挠肝地挺了两天，仍不见好，不得已去看医生。

医生一看，就说，是不是最近房事过度？

顾跃进的脸唰地一下就红了，刚要辩解些什么，医生也不拿正眼看他，只是低头一边唰唰唰开着单子一边告诫：性生活要有节制。房事过度，休息不当，会导致腿部血管静脉曲张，严重者还会得脉管炎，造成不可逆转的终生疾患。

顾跃进满脸羞惭，拿着处方单子去药房抓药，同时心里明白：自己这是已经有了“身体”了。自己的身体这在提醒他：40 岁已经来临。

来临归来临，追逐快感的脾气是改不了的。能改的是作息习惯。

打那以后，顾跃进在这方面就十分注意，再颠鸾倒凤疯狂过了，不敢立刻就走人，总要躺女人身边小眯一会儿。时间不长，半小时或一刻钟左右，叫“回血”。这种“回血”的时间很不容易把握，常常是，眼睛一眯，就不知不觉睡着了。这一睡，也不知睡到啥时候才能醒过来。

先前，这睡来睡去的倒也平安无事。作为京城地产业老总的顾跃进，有钱有势，一表人才，身旁永远有若干美女围绕，几乎是想睡谁就睡谁，想睡多久就睡多久。顾老板正值壮年，如虎似狼，宛若单身，婚史不详。想让他不去跟人睡觉，半夜总是自己单独打手枪也不人道。

就在顾跃进认真睡觉“回血”以后，又发生了一件事，才让他开始胆战心惊，睡不着觉，也不敢乱睡了。

记不得什么时候起，他的自尊心跌了一个严重趔趄。那是一个搞电脑的小丫头，一直口口声声说崇拜他，自从在一次新闻展销发布会上认识顾总以后，就死缠烂打，没事儿就打电话套近乎，要求对他进行专访，给他做个人网页。

也难怪他总要被女人纠缠，在那些林林总总的老板当中，顾跃进的长相很容易被那些女宝贝儿一眼瞄中。用一个什么词来形容他呢？简单地说就是，魁梧。他是个北方大汉，一米八二的身材，肩宽背厚，虎背熊腰，头发有点自来卷，一头长发齐肩，胡须也卷曲微翘起来，顺势向嘴丫子部位延伸开去，有效地跟头发接壤。顾跃进每回在那一群群分头平头、北京板寸的老板堆里一坐，就显得鹤立鸡群，非常有亮点。台下的人一眼望去，觉得镁光灯下坐着的那个乱蓬蓬毛乎乎、一身名牌舒适休闲装的胖大家伙，样子颇像个导演，再不就是制片人、画家、摄影家、徒步旅行者什么的，不说是个艺术家，起码也是时髦都市流浪汉，怎么看都难与古板的地产老板挂起钩来。

顾跃进心里也就暗暗得意，双眸含笑，脸上的作秀表情越发怡然。殊不知，他这看似天然随意的扮相，是经过专业的形象包装公司精心打造和策划的。在身体逐渐发胖，再穿任何西装都像被浑身打上石膏一样难受以后，顾跃进就花钱请包装公司给他量身定做，制定出以舒适休闲为主的形象策略。这个策略具体而微，精细到他上嘴唇和下巴颏上每根胡须的长度，鬓角和刘海儿部位的头发如何染色，发丝如何从脑门到耳根要逐渐呈现出黑、灰、白三色的缓慢过渡，以体现出老板的年龄资质和丰厚的文化底蕴。包装公司还具体推荐他应该穿谁家的衣服，到谁家去修脸美容，等等，并且一再叮嘱：作为一个名人，公众形象一定要固定，千万不能随意改变哪怕是衣服的褶皱或是发型上微小的弯曲。

顾跃进开始还觉得这些话说得都跟放屁一样，说了也等于没说，无非赚他们这些老板的钱而已。这些道理谁都懂得。可一旦具体实施应用起来以后，效果就出来了。以后他改头换面出场，就发现各种露面会上重要镜头总是对准他拍照，尤其是拥上来表示崇拜的宝贝儿们围在屁股后头乌泱乌泱的。这给了他快感和自豪。无数次的作秀实践证明了这份冤枉钱没白花。

这次这个叫小鱼儿的网络宝贝也是同样，不知被他的哪根头发或者胡须的弯曲度打动了，电话骚扰起来没完没了。从她电话里的一次次撒娇做态上听得出，如果不跟顾跃进有一次亲密接触，亲手摸摸他的胡子还有别的地方是软还是硬，小丫头不会善罢甘休的。那丫头虽然长相不是十分出众，但是架不住年龄小，也就二十出头，蹦蹦跶跶，青春气息逼人，计算机大专刚毕业，不谙世事，倒显出几分可爱活泼。顾跃进起先也没上眼，当她第二次贸然找到公司来游说拜见时，才注意到她粉扑扑的脸蛋和鲜嫩的小嘴，不由得起了恻隐之心，就想着要遂一下崇拜者的心愿。

于是，在一个春风沉醉的晚上，顾跃进在百忙之中抽空去宠幸了她一把。小丫头虽然不是第一次跟男人交好，但显见得床上经验不足，为了讨好他，没有快感她也喊，发出了高一声低一声的蝴蝶尖叫。她这个曲意逢迎的态度让顾跃进感到很满意。翻身下来，他忍着，没有立刻睡觉的意思，而是又陪她玩耍了一会儿，给她讲了几个荤段子，乐得小丫头吱嘎吱嘎的，对他的口才和见多识广保持了更进一步的崇拜。顾跃进这才心满意足地倒头睡去。

令他万万没有想到的是，第一次留在小丫头那里睡觉，臭丫头就拿数码录音笔把他睡觉打呼噜的声音录了下来。录便录了，可气的是，第二天早晨醒来时，那丫头又很没心眼地放给他听。小丫头做事可能是出于无意，兴许是被吵得一宿没睡着，头一次听人打这么大的鼾，觉着新鲜，随便录一录闹着玩的。可是这一下，着实把顾跃进他老人家吓得不轻！

他害怕的倒不是说她偷偷录音获取跟他睡觉的证据，以便日后来要挟他点什么，就像那个美国大妞儿干的，偷偷将总统精液采样，以便让总统帮着调动工作的那种做法。他不怕这个。风流艳事连美国总统都整不倒，对他这个民营企业老板又能算得了啥？现如今全球经济一体化，全世界的成功男人，搞破鞋全都不算个事儿。

把他吓着的是另一个，那就是他自己的呼噜声。

老天！那几乎就不是人类所能发出的动静。丑陋，愚昧，浑浊，混沌。像是被人用枕头闷着，用绳子勒着，用手指盖儿掐着，生也不能死也不能的那种憋闷法；也有如被人给脸上贴了黄表纸似的费力地喘气、垂死地挣扎。从那震塌房梁的呼噜声儿里，能闻到口臭、大蒜、酒嗝、小肠疝气、大肠消化不良的腐烂气息。一百个斗兽场也不会聒噪出比这更难听的噪音，一千只熊瞎子也发不出比这更难听的长嚎。

顾跃进当时就蒙了！听着自己那几乎是非人类的呼噜声，他先是感到震惊、厌恶；接着是自卑、无奈；最后，就转移成对小丫头的无比憎恶和记恨。

他一边嘴上说着：哦，我的睡眠这么不好？我一直还不知道呢。谢谢你，一边迅速穿衣下床，以最快的速度冲出门去，发动车子，哧啦一声怪叫，绝尘远遁。

他的自尊心受到了严重的损害。刹那感到无地自容。

按理说，40 多岁的男人，睡觉打几声鼾也没什么了不起，纯属正常生理现象。但是，这事发生在自视甚高的顾跃进身上，似乎就变得天理难容。

一直以来，他的自我感觉良好。作为这个时代的骄子、成功的高尚人士，他几乎满身的优点，满头的光环。房地产项目被评为明星楼盘，销售业绩屡创新高，区政协委员、民进常委、产业协会副会长等等荣誉名衔纷至沓来。他的乐善好施、扶危济困，包括捐钱在贫困山区盖希望小学，认领城市绿地，设立在校贫困大学生助学基金等等义举，更是在社会上赢得很好的口碑和名声。

顾跃进不仅事业如日中天，在享乐上，他也有着很高的品位。顾跃进是京城一家很著名的高尔夫球俱乐部的会员，是马术俱乐部会员，他还养着一匹属于自己的纯种阿拉伯马。他喜爱收藏并且兴趣广泛，古董、字画、明清家具、瑞士手表、红葡萄酒、古巴雪茄……凡是值得收藏、能够显示出品位的东西他都玩过。就说他现在随身带的叫“科伊巴”（COHIBA）的极品雪茄，每盒要三四千块钱。但是他也只是带着，从来不抽，或者说不真正地抽，在某些场合把烟夹在手指间摆样子，或者让烟雾从口腔里进，再从鼻腔里出来，在上呼吸道系统之间进行一次简单的内部循环。之所以不往肺管子里咽，是因为他的支气管不太好，早在十年前一场严重的支气管炎之后他就把烟戒掉了。在媒体前来做他专访的时候，他暗示那些记者可以用“古典艺术爱好者”和“时尚发烧友”来对他的爱好加以概括。

行了。凡是这个时代能表明一个男人“成功”和“时尚”的东西，在他身上都以一种作秀的面目符号化地体现。他们这些社会中坚，都善于把生活变成无时无刻不在作的一场秀。这是整个时代的风气，也是社会潮流使然。

而那些不能够显示在媒体上的特长，则更使得顾跃进在心底扬扬自得。那就是他在追逐女人、满足快感方面功夫也不一般，床上床下才艺俱佳，捧、哄、举、憋、磨，各个步骤都很像样，几乎就得到了女人们的交口称赞。这可是他作为男人的最大底气。只可惜这个特长他不能明说，只能在暗地里沾沾自喜。

可是，就这么一个精英人物，时代的骄子和宠儿，怎么能够在睡觉时打鼾，怎么能在女人面前丢这份脸呢？

一路上，他一边有点气急败坏，一边还有点心情沮丧。生气也不知是生自己的气还是生小丫头的气，沮丧也不知是沮自己的丧还是沮小丫头的丧。

他一边开车疾逃，一边还百思不得其解，他想不通自己怎么能打那么大的呼噜。听那声音，他连想杀了自己的心都有，别人听了会是什么感觉?!

那个臭丫头也真是的，录也就录了，还告诉我干吗？傻？还是缺心眼？她也不想想，有谁会喜欢一个指出自己缺点的人？

顾跃进既生气又难过，怨愤之心骤起。他逃也似的离开小丫头住处，从此毫无缘由地再也不理那个小女人了。

这是他遭受挫伤最严重的一次。对他个人来说，这个挫伤并不比那次在海归女人身上的阳痿差。骄傲和自信，在心里一下子垮塌了。

他是一个特把自己当回事的男人。男人，有了一定身份和社会地位以后，都挺把自己当回事，特顾及自己的脸面和自尊。

回来后，顾跃进还是有点放心不下，悄悄去了趟医院，到耳鼻喉科检查。医生给他讲解了打鼾的原因及治疗方法：打鼾也叫阻塞性睡眠呼吸暂停综合征，这个病好发于40到50岁的中年男性，这些人正当社会中坚，但大多没有被诊断出来，因为这个问题都发生在睡眠时，病人及家人较难自己察觉，原因多种多样，患者多是那些体态肥胖、颈围短粗、扁桃肥大、鼻中隔偏曲、下颌后缩或下颌过小的人，且多伴有高血压、酒精摄入过量等症。在治疗上，可以采用激光治疗、鼻式阳压呼吸辅助器、悬雍垂腭咽成形术等等。

别的不说，光是医生说的肥胖和酒精摄入过量这两点，顾跃进也知道句句跟自己对得上号。肥胖就不用说了，这几年就连睡觉做梦都能感觉到肥肉在咕嘟咕嘟疯长，大腿、胳臂、肚子，甚至连下巴颏处的肉都变得暄暄乎乎，似乎里边暗藏着大量的水分。要不是有一米八二的个头顶着，整个人就成一个典型的中年胖子了。但因为他个子高，胖一点，反而显得有派，显得福相。至于说酒精摄入过量那就更不用解释，他每天还不都是觥筹交错，在酒山肉海的应酬交际场上过吗？

医生还告诉他说，他的呼噜已经上升到“恶性打鼾”层次，还有他的血压血脂都远远超标，高出正常指数，这也是导致恶性打鼾的一个因素。如不及时控制，后边等着他的，将是心脑血管疾病、糖尿病等不可逆转的疾病。最后医生建议他最好动手术治疗。

顾跃进虽说没有什么思想准备，但是对医生说的这些病不病的倒无所谓，不太往心里去。医生列举的这几样，都是他们这类老总的常见病，吓唬不住谁。从另一方面来说，得上这些富贵病，也证明他已经标准步入“三高”老总阶层，并没有什么奇怪和可怕。让他不能忍受的是，这种富贵主要从睡觉打呼噜上体现出来，让他在女人面前丢面子，这一点最让他接受不了。

他问有没有不手术的保守治疗方法。医生说，也可以配合饮食控制及减重运动，以求达到最好的疗效。减肥常是治疗的第一步。顾跃进想了想，说自己还是先试一试保守治疗。

从医院里出来，他还暗地里想：看来自己真是上年纪了，有了身体问题，这个部位那个部位的总出点小毛病，按下了葫芦，不期然却又浮起了瓢。要不是这个网络小女人这么一折腾，他还真不知道自己睡着了打鼾什么样，也不知他自己的肥胖症和高血压到什么程度了。这么说，他不但不该讨厌她，倒是还要感谢她喽？

美得她！

反过来说，怎么这事儿就她知道，别人都不知道？那么多他经历的女人，怎么没一个人跟他说？她们都是聋子瞎子，看不见也听不着？真是怪了去了。从自己这呼噜都已经打到“恶性”层次来看，时间肯定也不短了。别的女人怎么就没给他指出来呢？

一想，天下女人一大奸，明明也都知道这一事实，可谁也不说，事毕还都左一声“哥哥”右一个“哥哥”甜媚媚地叫，咯咯嗒嗒都跟母鸡下蛋似的，顺着他，哄着他，日后都能得到点好处。不管是要拉广告、拉赞助、找工作……只要把顾总在床上伺候好，一般有事求他帮点小忙，他基本上都能答应。倒不是说顾总怜香惜玉，而是他愿意看见金钱和权力给他带来的在女人面前的优越感。他喜欢这种优越感，喜欢女人在他施舍下的一副骚猫媚狐狸的样儿。

唉！也就是今天遇上了这个二百五网络女子吧！拿着个破数码笔，不知道怎么得瑟好了，逮着什么都录，玩笑嬉戏之间录下他的呼噜声，又胸无城府地放给他听，让他自己了解了这一事实。否则，他宠幸的女人越多，他的呼噜声也越是传遍千里。也许她们一时会封住口不说，可是毕竟自己那点短处是抓在人家手里了。也难免什么时候，她们把它当成一盘菜，给抖搂出来。那对他个人的声誉得造成多大影响啊！

今天这也算是万幸吧！

想到这里，顾跃进一阵心虚，不免也有些后怕，多多少少也收敛了一阵子。

但是能因此就停止男欢女爱的历程吗？当然不能。用顾跃进自己的话说，锻炼要搞，女人也要搞。

往后他就迫使自己多抽工夫出入于马场和高尔夫球场，同时也处心积虑，想出办法，采取亡羊补牢策略，把“做爱”和“睡觉”割离开来，无论翻云覆雨多么累，折腾到多么晚，一定不要在女人处睡觉，一定不要她们知道他睡觉打呼噜。

这才是他每次都匆忙逃离的真正用意。

2

梁丽茹此时正徜徉在云南的大山大水之间，绝想象不出她身后的北京正在发生着什么。

梁丽茹和董强是乘波音767飞机，跟着旅行社从北京飞赴云南来旅游的。出发之前，两人约好，各自从家里出发打车上机场，然后在候机大厅里会合。他们的住处离所任教的学校不远，走到一起，难免被熟人撞见。

董强在候机大厅里一见梁丽茹，忍不住赞叹：真漂亮！梁丽茹被他夸得很不好意思地脸上一红。她今天特地在脸上化了淡淡的妆，往常显得很有点凌厉的眼角眉梢，现在都在护肤品的滋养下，线条显得柔润而妩媚起来。出来前她还去美发店里给头发焗过油，那个嘴里哼着阿杜歌曲的小伙子，用手试了一下她浓密的发质，说大姐你焗一个彩发吧！彩发现在最流行了，显得年轻又稳重。她答应试试，但要求别用太花哨的颜色。小伙子就给她染成了金属铜红色。在镜子里面看，并不显眼。如今在机场大厅门口处明亮的朝阳下，那一头柔软浓密的赤金色头发，就显得鲜艳而夺目。她上身穿了一件柔软的羊绒高领毛衫，下身是洒满细暗红格子的薄呢裙，脚下一双半高跟的黑色长靿小羊皮靴。本来她个子就高，这下就更显得窈窕。一件面料很垂的湖烟色风衣搭在手腕上,脖子上还系一条小巧真丝巾。董强在见到她的一瞬间看得都有点呆了,说:哎哎,我说梁老师,这哪像个博导和系主任,整个一个大美女哇！梁丽茹嗔怪他一声:去,少贫嘴。

董强还是很卖力地说:真的,梁老师,我告诉你,你这要是往学校操场上一站,那回头率,嘿,盖了帽啦！简直扰乱校园秩序哇！

梁丽茹推他一把说:行了吧你！快走吧！别让人等咱们。

董强这些话句句受用,显出了她处心积虑的"为悦己者容"的效果。只是,对于一向以端庄面孔示人的她来说,乍一听到,还真不知该拿出何等表情来承受。

董强推来行李车,将两人的东西放在上面,慢悠悠地推着往里走,梁丽茹跟在身后,一起去寻找他们团带队导游的小旗。董强今天的装束也干净利落,一身沙漠雾色水洗布休闲装,半高鞫登山靴,两条长腿,一个双肩背,越发显得英气逼人。他是那种长得像歌手林依轮似的北京孩子,别看挺大的个子,岁数也不小了,依旧能在台上乱蹦乱跳"树上停着一只,一只什么鸟",这要在别人,肯定看着怪异,有装嫩的嫌疑,但搁在眉眼清俊的林依轮身上,就很恰当。说不上为什么。可能是因为北京土生土长,有优越感,什么都准备现成的,头脑简单,心里不拿事,以至于造成身体比年龄要年轻出许多。董强眉眼都跟林依轮酷似,他的这种酷似,有地域种群的特点,如同一大群北京白胖子长得都跟英达很像,都那么白、那么胖、那么方头方脑,白净可爱如同招财大阿福一样,属于一方水土养出了一方人。

4 月的早晨,首都机场候机大厅繁忙而平静。来来往往的登机的人，都是一副轻快的旅游装束，不像刚刚结束的春运过程中，民工学生探亲人群挤在一起，大包小裹、拉家带口、穿戴臃肿、连拉带拽、拥挤不堪。4 月是个美好的季节。人们的脸上洋溢着过上好日子、有了闲暇闲钱能够出来玩的笑，个个表现出欢快和幸福。机场偶尔也会闪过一两张戴口罩的脸，但那颇类似于平常患了感冒的病人出门的模样，并不引起人们特别的注意。

导游举着小旗清点人数，给他们团的人发票发机场建设费，嘱咐他们看好各自的行李物品，拿好自己的身份证和票据进关。梁丽茹跟着董强夹在一大群陌生人中间，心情有些难以名状。兴奋、紧张、忸怩、羞涩？一时间倒也说不清楚。再看董强，一副老手的模样，怡然自得，忙前忙后，对梁丽茹小心伺候着。

办完一系列手续，拿着登机牌上了飞机。已经过了起飞时间，飞机还没有动静。空姐说还有旅客没到，请大家稍等。因为个别人迟到而令飞机晚点的事情，如今频频发生，令人颇为懊恼。这种让众人等待的迟到，还不是那种没赶上飞机的迟到，那些来晚的人，根本就办不上登机手续，飞机也不会等。这是一些已经办完登机，并将行李交付托运的乘客，他们都有故意不守时的嫌疑，他们办完登机手续后，就优哉游哉，不知跑哪儿闲逛去了。因为他们知道自己的行李已经托运上去，飞机一定要等到行李主人登机后才能起飞。否则，就会将所有人撵下飞机，然后对行李舱进行彻底搜查，看是否有可疑爆炸物出现。目前的法律又没有规定什么惩罚的措施。所以人们越发胆大妄为，不顾忌公众道德。

等到迟到的那三个男女上飞机时，机上的人使劲翻白眼瞪他们。他们却假装不觉，依旧我行我素大呼小叫，掀开头顶的行李架盖子，要把自己的拉杆行李硬挤在已经放满东西的柜里。下面已经坐好的人不让放，说是自己的包怕挤，他们又想把箱子压在另一个人的挎包上。底下的人又引起一番争执。这时空姐过来，将这几位的拉杆箱子托到机舱后部空地儿上，他们才算消停。简直讨厌至极。

不守秩序的人出现，多少搅坏了梁丽茹的好心情。这些人，真的是无比缺德！缺的就是公民的基本道德。看来光是生活水平提高坐得起飞机还不够，还得提高公民自身修养。

不过等到飞机开始爬高、升空稳定后，她的心情也就逐渐平复了。飞机离开陆地，离开那片让她抑郁的雾霭遮盖的天空，穿过云层，直向一片陌生而神奇的土地飞行着。在一万米高空之上，从舷窗俯瞰，葱绿的大地，山川，河流，奇妙变幻的洁白云朵，充满着无比美妙的色彩。城市里那些扰人的摩天大楼、低矮的房屋、强悍嘈杂的汽车，如今看上去都如蚁般，简直渺小得可以忽略不计。比陆地大的是天空，比天空大的是海洋，比海洋大的是人的心胸，记不清这是哪位作家说过的话。如此山川锦绣，还有什么郁结之气排遣不开的？梁丽茹暗想。还有身旁坐着的这个年轻的男人，身体始终散发着一种媚惑和特殊的气味。她以前还假装视而不见，一副高高在上的样子。如今，又是什么使她接受了他的邀请，大着胆子一同出行？

董强似乎察觉到她在想他，扭过头来冲她龇牙一笑，然后变戏法般地从随身衣袋里拿出奶片、杏仁、话梅等小食品递给她，说担心飞机上提供的食物不好，不合她胃口，特地出去买的。

这奶片很有营养，两片顶一袋牛奶，你尝尝。

梁丽茹接过一片，含在嘴里，果然味道不错。她不禁惊讶于他的细心。刚才他冲她一笑，她发现他长着一颗虎牙，一笑就露出来，显得很调皮机灵。以前还没有这么近距离接触过。她忍不住用眼角余光斜视，看见他粗重的眉毛，细长的眼睛，刮得干净乌青的下巴，腮帮上憋出欲笑不笑的酒窝，更是一副坏模样。一股淡淡的香气，不是香水的香，而是年轻男子健康的体香时时袭来。她的心又咚咚狂跳，不敢再看。她能感觉到董强一直对她用着心。也许是想报答她的帮助解困之恩，也许……也许是别的什么。

当然是别的什么。否则，怎么可能光天化日之下，两人避开熟识的城市人群，双双远行同游？

最初，她跟董强近距离交往，缘于系里人才考核分流、实施应聘上岗时，她把几近于下岗的董强极力保了下来。那时她还只是教研室副主任，董强是她手下的青年教师。对于自己手下的人，她当然要保，完全是出于公心。况且，解聘董强的理由也不是他教学水平不够，最多的是反映他“不务正业”，说他心眼太活，在外面兼职太多，做电视搞策划拉广告的，整天在外面跑，曾经误过两次课。一个教师，把上课的事都忘了，你还能指望他什么？当然是不称职。而她则举出了董强讲课思路宽、观点新、颇受学生们欢迎的优点，并说，青年教师，难免犯错误，应该给他一次改正机会。

保下董强后，她找他严肃谈了一次，说你自己看怎么办吧，要么走，要么留。你还年轻，不一定非攀在教师这棵树上吊死。要是走，趁早。要是留，课还得认真上。别人也不能保你一辈子。

话说得很冲，董强也就明白了她的意思。他想了想，实在没有哪个职业像高校教师这样自由的了，有寒暑假期，隔两年还有一学期的轮空休假，又有轮流出国访学教课的机会，说白了也就是轮流“脱贫”，都是到日本、韩国、新加坡之类儒家文化圈去教汉语，勤快一点，一年下来，挣个二三十万不成问题。在学校，只要把课按时给上好，你出去干别的，并没人管你。这要是下岗，现去找一个单位挂靠，得现找人，折腾，也忒麻烦。

董强就拍着胸脯保证以后绝对不会再误课。这一关算是过去了。几年以后，等到梁丽茹已经当上了系主任和学术委员后，董强在年终考核时又遇到一个坎儿。自从他研究生毕业分来学校教书，第二年转正成助教之后，他拿到中级职称已经有十年了。按规定，十年内仍不能晋级的，自动下岗解聘。董强似乎只顾在外面贪玩，没有职业追求，这些年连一篇学术文章都没有发表过，每年到了评职称时他也不张罗报。这一耽搁，晃晃悠悠十年就过去了。梁丽茹在电话里问他是怎么想的，他竟然答说他没想，只想着上课拿工资就行了，论文什么的没有时间写。梁丽茹给弄得哭笑不得，心说可真是隔代人，三十五六岁了，整天竟寻思什么了?！再看自己，这么些年，起五更爬半夜，带学生，写论文，去进修，升职称，当博导，哪一步不透着昏天黑地的辛苦？董强倒好，轻飘飘一句“我没想”就打发了。现在都说五年就是一代，可真是没说错。梁丽茹于是就给董强讲这次晋升职称的利害，董强一听，说，干了十年，我就这样失业，没有必要，脸面也无光啊！

梁丽茹火了，说，你说的简直是一堆屁话！还没必要，还脸面无光，知道脸面无光怎么就不知道早用点心？

照梁丽茹的想法，她倒不是为董强个人，而是出于团队建设的考虑，才想到要拉他。他们系正在国家教委申请博士点，各方面都要树立良好形象，如果出现个别落后分子或解聘现象，势必影响系里声誉。这么些年，董强没评职称，作为直接领导，她也有责任，没有及时督促他。但是这么些年，她过的又是怎样的日子？自保尚且来不及，根本没心思和精力顾及别人。除非别人求上门来，或者事发重大，利弊涉及自身，她才能停下来一顾。

她问董强现在在哪儿，董强说是在内蒙古草原跟着一个剧组呢。梁丽茹发火，说你赶紧给我回来，限你两天之内到达，否则后果自负。

董强按时飞回来之后，她就绞尽脑汁，帮他想办法，眼看除人在即，有什么办法可以亡羊补牢。检查他所策划过的文案、写过的广告词之类，没有什么能跟本职工作挂上钩。最后发现他的讲义写得蛮有新意。于是就帮他出主意，能否想法出版，不管自费还是什么费，只要是正规国家出版社出版的印刷品就行。时间来不及的话，可以先让出版社开个证明，表示专著已经付梓。

按此方法，果然过关，董强保住了职位，评为副教授，得以在教师岗位上苟延残喘下去。

董强这回也老实不少，在学校待的时间多了起来。

两次有难，两次相帮，董强感激涕零，方知这下欠下的情分大了去了。以前他年纪小，用完了人不当回事，以为别人帮他都是该他的欠他的,也不知道答谢。现在不同,三十好几了,也在社会上混油了,终于明白,得了人的帮助就要报答的理儿。通过这两件事,他明白了梁丽茹是个表面上很凌厉内心却很善良的女人,也明白了她的权力究竟有多大,说话冲也是应该的。从前他还只是习惯性地对那些男的系主任、书记什么的见面点头哈腰、敬畏有加,现在明白,改朝换代了,压在头顶上的,到处都是女的。好像学校校长换成了一个老太太,听说她一来,先是把学校的分房排队制度改成以女方为主,后来又在各个部门优先提拔女干部,最大的理由说是她们比男的更敬业、更守节,下班之后,不会去嫖去赌。

改朝换代,改朝换代了!董强心里感喟。再也不能说是因为人家是女的就不把人当领导敬着。感谢报答一下绝对是应该的,也指不定过几年评正教授时还得用着人家。问题是用什么方式合适,该从哪里下口。社会上那套送酒送烟的方式这会儿都用不上。送现金恐怕也不行,搞不好让人斥回来,整个就搞拧了。

董强开始对梁丽茹上心,想找到她的喜好嗜好爱好什么的。他想尽一切办法接触她、了解她,献殷勤,不露痕迹地寻找溜须拍马屁的机会。

不知为什么,接触多了,他就能够感觉出她的不幸福。也说不上在哪儿,也没有什么具体指标,就是能感觉出来。从相貌、神态,从最日常的形态里感觉出来。一般的女人,40 出头,会逐渐丰腴,一点点长肉。而梁丽茹却是瘦,憔悴。那种明显的被过度劳累、要强、抑郁、忧心所导致的瘦。过了 40,女人一瘦,就显得有点寡,不喜兴,像是对社会有仇,对家庭有怨。

董强从来也没有问过她个人的情况，只见过她的女儿，上中学了，开联欢会时领学校来过，大眼睛，细高个儿，长得很漂亮。还听说梁老师的男人是个大老板，很有钱。董强却看着不像。因为她一直住着学校分的房子，公交车来公交车去，风里雨里，一点富裕气息都没有。

偶然一次，填工作表时，见到她家庭成员一栏。她的丈夫竟是京城老板圈中一个响当当的名字！董强不由得暗叫一声。这太令人震惊了！至少令董强震惊。再偷眼打量她，怎么看怎么也不像个老板夫人，没有任何迹象，她跟那人也没有夫妻相。那家伙正经是个巨腕儿，在一次应酬会上董强远远见过，人倒是不恶，就是怎么也想不出原来他们俩竟是一家。

他好奇，偷偷打问道儿上的一个熟识的哥们，哥们反馈回来说，那丫水深，打探不出来。就知他身边女人从来不断。

董强明白了，约略猜出个大概。明白了这个要强、能干的女上司过的是什么日子。说是怨妇吧，活寡吧，都不过分。如今是幸福的家庭各有各的幸福，不幸的家庭却有大致相同的不幸。这种状况并不难猜，不是一个两个、一家两家，而是以族群的方式存在、生长着。谁摊上谁倒霉，谁摊上谁扛着。私下里，他突然冒出一坏闪念：这女人，看样子，除了还守着那么一个表格上的老公，肯定是良家妇女，尚没有红杏出过墙。

转过念头一想：我这是干吗？轻侮了对自己有恩的人。

感恩、畏惧，加功利，合起来，却变成了怜悯。由怜悯而体恤，由体恤而靠近，逐渐变味，夹杂了一些说不清的东西，暧昧、含混。

对于他的好意，梁丽茹一开始是排斥、警惕，渐渐也就过渡到松弛。人都是怕接触的动物，接触多了，石头也能焐热乎。况且董强并不招人烦，还长着一副招异性喜爱的面孔，学校选修他的课的有三分之二都是女生，颇有女人缘。当他的好意一点点渗透、变形，两人交往之中逐渐有了“性别”这东西时，危险就已经来临了。她发现自己已经对他有所依赖。这依赖在春天里一点一点膨胀，已经变得不可遏制，非要爆炸、变质，发展成别的不可。只差一个具体的时机。

当又一个学期来临，女儿豆豆面临高考时，梁丽茹觉得身上压力又快到临界点了。女儿豆豆从高一下半学期起就送去沈城姥姥家，到高三结束时再接回北京来参加高考。现在北京许多家长都这么干，同样是进重点大学，北京的孩子比外地孩子录取分数线要低一百多分。即便这样，外省的一些重点高中，仍以玩命的、非人类的应试教育方式，创造出令人咂舌的高考升学率。豆豆插班进的是一所号称“北大清华摇篮”的省重点中学。

为了避免每年七月份考试的酷热，今年的考试时间改革，提前到了六月份进行。梁丽茹内心十分焦虑，她已经比女儿更早地进入了黑色冲刺期。高考不仅是考学生，也是对家长的“灭绝人性”的折磨。她在跟办公室另外一个考生家长交流时这样说。家里有过孩子高考的人都同意她的说法。一根连接父母家里的电话线，整天把她的一颗心都揪着，她不断地问豆豆的表现，吃得怎么样，睡得怎么样，考试“一模”成绩如何，等等。

董强就想献殷勤，借机会帮她减减压，缓冲一下心情。想来想去,提出陪她出去转一圈的建议。他是小心翼翼,又假装随随便便提出的,怕她不同意。没想到她竟然答应了。本来按照梁丽茹的时间表,她是打算等到四月一结束,豆豆在学校完成了高考前完全具备实战效果的“三模”以后,过了五一就把她接回来,回北京打点报名、看考场等一系列事宜。董强一提出外出散心,她想了想,觉得自己最近是有些紧张过度,弄不好会影响了豆豆的情绪。莫不如豆豆临回来前的这些天,她真就出去散散心,好好调整调整自己。

得到梁丽茹的应允,董强不禁喜出望外。立刻拿来地图,问她喜欢去哪儿。她说随便。选了江南一些舒适的地点,梁丽茹说她都已去过。再选,就是西北艰苦地区,恐怕有旅途劳顿。梁丽茹顺嘴说,每天天气预报结束后,总是播两分钟的丽江美景,有雪山,有高原,还有满地油菜花飘香,好像很不错。董强一听,说,好。咱们就到那里去。丽江正好我也没去过。

于是立刻去找旅行社,敲定行程和日期。之所以要跟旅行社,董强对她解释说,是因为现在正在办云南旅游节,前去旅游的人很多。个人出行,不方便,有可能订不上床位。而跟旅行团,一切都给安排妥当,机票和客房还都能打折。

所有的联络事情都是董强一手操办的。一个团的十几个人上了飞机后,董强才像做错事似的悄悄告诉她:我把咱俩用夫妻名义登的记。

梁丽茹虽然也设想过路上将要发生什么,但那毕竟憋在心里的诡谲,是要一点一点地揉搓,才能向最终的浪漫格局挺进。事情的真相,真由董强嘴里以这样的口吻说出时,心里却好像哗地一下什么东西解体了。现在的年轻人,可真是的,说话也没个拐弯,动辄直奔主题。

心里一塌,失落,又伴有咚咚乱跳。梁丽茹似幽怨,又嗔怪地拿眼斜他一下。

董强哪体会出那么多,忙解释:不是,那什么,你听我说。要不然,就很不方便,尤其是住宿……分房间……分开来住,你、你……知道你会遇上什么人哪！万一害你、偷你东西怎么办？再不,就是打呼噜、随地吐痰、长时间占用卫生间、吵吵闹闹不睡觉,你说你怎么办?

梁丽茹一本正经地说:得了吧你！就你有理？明知道这样,还跟团来?

董强不理那套,继续说:你、你你就说吧,你是愿意跟我住一个房间,还是愿意跟一个陌生人住一起?

董强说完也觉得太唐突,又补充道:再说,那、那什么,我、我我……我保证……男女授受不亲……

由于理亏,说话就连不成句。

梁丽茹又瞪了他一眼,嗔怪一句:什么话！说完脸上又涌起一片潮红。

都这会儿了,还能说什么呢?!

飞行距离真够漫长,仿佛比她那次飞到拉萨还要长。不知走到了祖国山川大地的哪里,说是云贵高原上空,飞机遇到气流,剧烈颠簸。空姐忙告诉大家系好安全带，机上厕所暂时关闭停止使用。这一阵颠簸，把人的心脏一会儿送到嘴里，一会儿又抛进肚脐眼底下，五脏六腑也跟着上下翻腾。梁丽茹感觉到难受至极，先是极力忍了忍，最后却还是忍不住，呕了几声后就开始翻江倒海般吐起来。董强忙抽出垃圾袋帮她接住。她一手捂嘴，一手拦着，不让他帮忙，怕他看见自己的腌臜。董强仍旧服侍，按亮小灯唤空姐要水，给她漱口。然后又轻轻捶背，拿出湿纸巾给她擦手擦嘴。等到气流过去，一切恢复平稳，她却仍觉不舒服。董强揽过她，让她靠在自己肩上，右手在她肩头上轻轻安抚。梁丽茹略觉不安，稍有一点羞涩，却也就没有使出力气拒绝，顺势很绵软地靠着，额头几乎蹭着了他的脸颊。这是他们第一次近距离的接触。飞机上一阵颠簸，让两个身体已经没有了距离。

云南终于到了。脚一出机舱，落到大地上，立刻感觉好多了。昆明！多么明朗！放眼望去，坦荡的天空，大气、瑰丽，朵朵白云悠然飘荡。亚热带植物，阔叶肥厚，浓绿润洁。芭蕉树，巨大的铁树叶子，散尾葵，无不高大茂盛，充满着少数民族风光。高原上春风吹来，让人登时神气为之一爽。

旅行社地陪来接站，是个小伙子，年龄不大，个头也不高，黑黑的，说一口相当标准的普通话，一副训练有素、彬彬有礼的样子。他指引众人上了大巴车，自我介绍过后，又介绍他们的日程，先吃饭，游览市容，行李就放在大巴车上。晚上乘火车去大理。明早到达后由大理方面的地陪接车。

他们这趟出来的旅游路线是：昆明—大理—丽江—泸沽湖。

回来时,也是按原线路返回。

一切都是按照事先提供的日程表来进行的。他们心情愉快,按导游的指挥去做。已经过了中午了,在昆明停留的时间不多,去吃饭的路上,游客们七嘴八舌,提出各种参观要求和建议。有人提议看西山、滇池、翠湖、圆通山,有人提议看昆明世博园,有人说看昆明海埂足球训练基地,有的要看看红塔山烟厂。导游说,今天时间不够,没有安排,最后一天大家还要返回昆明,到时候再看。梁丽茹提出要到西南联大遗址去看看,小导游却欣然同意,说回来时正好顺路,遗址就在他母校的院内。

待到众人去了,一看,却见那校园正在搞基建,挖排水沟,到处乱糟糟的。而曾经那么轰轰烈烈的西南联大,如今只剩下两间小小土坯房,孤独隐藏在校园一角。梁丽茹感到怅然。历史上留下的东西不多了。人们的兴趣全在于造人工的假游乐园之类,没人对保存真正的历史遗迹感兴趣。

众人简单瞻仰了一下。然后小导游说还有一点时间,大家呢可以去游览市容,如果走累了,也可以领大家到具有云南特色的茶楼去喝茶休息。众人一听,都说累了,要去喝茶休息。导游就熟门熟路,将一行人引到一个僻静之地的竹楼之内。

他们还不知道这就是导游砍向游客的第一刀。

这是一个二层小楼,全部用竹子搭建,深绿色藤蔓把小楼缠满了,看着也很舒服,很有风味。进得门去,里面也栽种着竹子、莺萝、芭蕉一类植物,满眼一片绿色。一个身穿少数民族服装的小姑娘把大家领到二层包间里,她的服装红白相间,颜色非常艳丽,头上还包着缠头，胳膊上手上戴满了银饰，不知是彝族、白族、傣族还是苗族。他们分不清，一看见这些花花绿绿的衣服，北京的土老帽儿们就兴奋，很有些眼花缭乱。小姑娘说，大家请随意坐，休息一下，我们可以请大家观看茶道表演。

众人在竹椅竹凳上刚要落座，一听这话，马上屁股就停在了半当腰，有人小声问：怎么收费？小姑娘客客气气地说：是免费的。你们大老远从北京来，相聚就是缘。我们云南人一向是好客的，理应尽地主之谊，大家说对不对？如果一切都用金钱来计算，未免就糟蹋了我们××族人的好名声。

众人赶忙说：对。对。

这才从半当腰落下，把屁股跟竹椅竹凳接触得扎实。未喝得茶水，先对姑娘有了好感。

一行人分行坐于下边，众人前边有个台子，类似于讲台，也是用竹子编的，上面摆满各种茶道器具，颇为丰富。又有两位小姑娘走进来，向大家问候，由她们来做表演。刚才那个领位姑娘退去。表演开始了。

如今这茶道也不新鲜，是人也都看到过几回。看似繁缛，其实就是那么几个动作和程序。

所不同的是小姑娘穿的是艳丽的少数民族服装，兰花指跷跷，手镯叮咚作响，环佩作响叮当，显然跟汉人、跟日本人什么的就有了不同风味。两个人一个负责主演，往壶上浇热水沏茶，一个在一旁当助手，负责给游客端茶送水。姑娘似乎都只有十七八岁，怯怯的，嫩嫩的，把汉人普通话说得哆哆的。负责主演那个说起话来娇声软语，嘴唇抹得更艳一些。

一小盅一小盅的茶水用托盘端着，递送到每个人的跟前。这群人也的确是渴了，喝一口，口感不错。小姑娘也没说要钱。他们的好感增加了几分。尤其座中一两个年轻男士，开始问这问那，用北京卷舌音跟人姑娘耍贫。

气氛上来了之后，那个红嘴唇的也下来开始给大家亲自送水端茶了，还开始叫哥，阿金哥、阿黑哥、阿注哥，管团里那个年龄最大的那位老先生也叫哥，目标直取男士，充满挑逗性，甜腻腻，嗲兮兮。叫得男团员们心里幸福，好感空前高涨。

梁丽茹能感觉到旁边坐的董强的气粗。他也兴奋了，但忍着，大概碍着身边有她在场，没敢接应小姐的挑逗。别的男人则在不断回应。欢乐气氛也在升腾。

待到红嘴唇小姐又献上一曲山歌后，这才开始介绍她们的茶，铁观音和普洱茶，说是她们这里产得最好，都是储存十八年以上的，养颜、明目、解暑、顺气。还有一种老树叶子卷成球状的茶，说那是从百年古树的身上摘下来的叶子，整个云南也没几棵，上融天堂雨水，下接百年地气。喝这种老树叶子有神奇功效，有病治病，没病健身，能治疗心脑血管疾病，比如高血压、糖尿病，等等。小姐还拿出老树的照片实图让大家轮流观看。这的确是一棵看上去枝叶繁茂的阴森老树精，不知是樟树还是榕树。这样的树应该是可以将人类起死回生的吧。

小姐说，大家来云南，带点什么回去呢？当然是土特产，馈赠亲友，送我们这种茶，再好不过了。风味独特，茶香醇厚。不送人，你也可以自己喝，养颜美容，治病强身。

你们这里是什么价呢？座下有人问。

小姐说：大家都是北京来的，我特别崇拜首都北京，这样吧，为了表示一点心意，我给大家打八折。那个十八年的红茶，二两罐装的只要40元，本来是卖50元的。那种老树叶子做成的茶，我也给大家打折到二两80元吧。卖给别人，都是二两100元。

说不出是周围气场的原因，还是什么别的原因，进得云南以来，从小导游到茶道小姑娘，都给了他们好印象，身上似乎都展示了云南民风淳朴的一面。众人处于初来异地的兴奋中，在小姐的指引下，指名就要买她介绍的两样茶，根本不讲价，蜂拥上去，像抢一样。架子上的茶叶罐子一会儿就被一抢而空。小姑娘还假意说不多了，又从别的人家调进来几盒。

他们团一共十几个人，每人一样都买两盒，大概平均每人在这家茶楼花了200块钱。有些人买得更多。梁丽茹也买了。刚要掏钱，董强手快，替她付了。

一下午工夫，三四千块钱扔给了这家。

只有那一对雍容华贵、长相和穿着都很富态的老两口什么都没买。

等到大家兴致勃勃地出来，纷纷议论并比较手里的茶叶时，老先生这才悄悄对身旁人说，我家女儿就在旅行社工作，出来前姑娘告诫过我们，凡是导游领去的地方什么都不要买。购物导游是要拿回扣的，导游回扣从20%到50%不等。

旁边人听了，忽地缓过劲来。他们一算，不得了！这一会儿工夫,小导游净赚一两千块!

有好事者看到街边有摆摊卖茶的,一问价格,也就 10 元一盒。跟他们手里的茶一模一样。

团里人这个懊丧!感觉憋气、郁闷,想找导游说理,可又说不出什么理来。导游逼你了吗?没有。骗你了吗?没有。人家小导游根本连茶楼门都没进,是你自己愿意买的。

这些上了当的北京的傻老帽儿就互相安慰道:算了!生那气干吗!坶们北京的茶楼不也跟地摊不一样,猴贵猴贵吗?人卖的是牌子,是服务。咱就认了吧!

打这开始,全体团员开始觉悟了,开始对这个小导游甩脸子。他们对往后任何导游都开始抱有警惕。

一场小插曲过去,吃过晚饭,导游送他们上了火车,完成了他自己的一段地陪任务。下一站将要负责他们的是大理方面的地陪。正赶上旅游旺季,火车站里拥挤不堪,各种往下走的旅游团碰到一起,中国人外国人碰撞到一块,挤挤擦擦,互不相让,候车室里抢座位,检票口处忙争先。自从去年昆明成功举办世博会以后,电视镜头向地球各个部位实时转播出云南的美景,全世界各地的闲人旅游者,全在这个四月美好的季节被招到云南来了。

这是趟从昆明开往大理的慢车,专供旅游而开的。其实从昆明到大理的路程没多远,据说自己开车的话四五个小时就可以到达。但为了让团体游客节省一天的时间和住宿钱,这趟线路的旅游,基本上都安排游客夜晚在火车上过夜。

这也正合董强心意。从飞机到火车，从天上到地下，交通工具的不断改变，增加了路途的浪漫色彩。

好不容易挤进了卧铺车厢，大包小裹安顿好，团里的人才终于得以坐下来，面对面互相说着话，喝着茶，抽着烟，闲聊着，没一会儿就熟识了。有教师、学生、职员、离退休教师，什么职业的都有。总共有三对夫妻，一对是小夫妻，脸嫩，看着像在校学生；一对是老夫妻，就是刚才没买茶叶的那对；再有就是他们。晚上，该熄灯睡觉时，那对小夫妻（是夫妻还是恋人？）很有趣，明明是两张卧铺票，一张上铺一张下铺，上铺他们却不去住，而是非得两人腻在一起，两人头抵脚、脚冲头地挤在一张下铺合睡，身上合盖一床被子。虽和衣而卧，也难免让人看着想入非非。旁若无人的姿态，也是十分气人。乘务员大概是看着也有点眼晕，来来去去几次，也没说出个什么，拿不出个不允许的理由来。

梁丽茹和董强则很幸运，都拿到了下铺的票子。董强心眼多，他会笼络人，进站前他不知怎么鼓捣的，从小导游手里愣是弄来两张下铺。一到社会上，他就倍显交际才干，简直如鱼得水。

熄灯铃已经响过，说话声渐渐低了下来。这一天的路途劳顿，总算有个安歇的时候。简单洗漱一下，董强就先服侍梁丽茹上床，给她挪好枕头，掀开被子，看着她躺下，又小心翼翼给盖上。完了，似不忍离去，就坐在她床边，一只手将她手轻握着，静悄悄的，也不说什么。

梁丽茹躺着，手被握在董强的手掌之中，又心跳老快，低声嘱咐他也去睡吧。董强却摇头，笑。就那么坐着，把她手轻握，又歪着头来，把她的脸仔细端详。

这是一种太暧昧又欲罢不能的姿势。幽暗灯光下，她的脸像火烧云一样。他用自己的大手捏着她的手，将五个指头插入她的指缝之间，揉捏，抚慰，然后又拿起她的手来，把她的手指放到嘴里吮。

梁丽茹哪里受过这个，一阵战栗掠过她的全身。

这如猫爪挠似的撩拨与抚爱，把她的一根最隐秘的神经挑逗起来，恨不能把亲密进行到底。

她想抽手，却不知是推还是拉，引得董强更近地俯下身来，嘴唇在她脸上探询了一阵后，就在她唇上胶住。一个深深的长吻，铺天盖地地把人“淹没”了。

待分开来，下意识地望望中铺，似已经睡熟，没有人注意他们。

终于，还是分开，他躺回到他自己铺位上去。他仍然不死心，从间隔的小桌下面，伸出手来，梁丽茹也递过手去。俩人的手紧紧相握，指尖牢牢扣着。在黑暗中彼此凝视。

这手指尖上传来的信息，简直是天涯咫尺，咫尺天涯！欲擒故纵，欲纵故擒。

战栗像一根弦，被董强手指揉捏着，被火车有节奏的轰隆声弹拨着，送来快感，一阵又一阵。

多久没有了？多少年没有了？自从与顾跃进分居，7 年、8 年，还是 10 年，没有同异性亲近？

身体里那根性感的神经，似早已经死掉。

还有他们那个早已死亡的婚姻，就因为她甩下一句：不能你说离婚就离婚,得我说离婚才能离!

就搁浅,停止了。

之后两年,就冷战,没再闹,也不提离。那时他和她都不知婚姻法规定分居两年以上,法院就可以判离。他们没有撕破脸皮、破罐子破摔大闹,也算是保住了都曾受过高等教育的一点体面。顾跃进虽然在外乱搞,但对她还不至于如此。梁丽茹更不会因此去大闹一个歇斯底里。

也许是因为女儿做了中间的调停润滑剂。如花似玉的女儿,继承了他们俩的一切优点,有她爹的大眼睛,也有她娘的好身材。女儿原来是蓝天幼儿园的舞蹈班的小演员,上学后在班级里是小班长,聪明美丽,她一直是两口子的掌上明珠。后来,受了父母之事的影响,就变得不爱言语,学习成绩一落千丈。

再后来,生活就按惯性往下滑。离婚的事谁也不再提。她猜想,大概缠着他的那个小婊子看结婚无望,离他远去。他经过这么一次折腾,也懒得再来央她办手续,自顾自地宛若离婚、宛若单身地逍遥下去。而她,也不知这无望的生活如何是个了结,日子什么时候能走到头。她的心里还没有准备好,一直没有调整好。看见周围噼里啪啦一个个解体的婚姻家庭,她内心有所触动,正在逐渐适应。

不闹归不闹,所有的抑郁之气都往内里淤积,往她的内分泌里渗透而去。

这忍受中的等待,看似如水平静。然而,自从开始婚姻冷战以后,她就失去了幸福感,女儿失去了安全感。

这比离婚本身还致命。

女人这一辈子，不能没有幸福感。小孩子成长，不能没有安全感。

这些，他懂吗？

他不懂。他是个以自我为中心的人。

梁丽茹这么认为。

火车轰隆隆，以缓慢的节奏悠然自得地开着。梁丽茹思绪万千。偶尔，月台上的灯光从没遮严的窗帘缝隙里照射进来，从她的脸上一晃而过。山山水水，都在夜的静寂中走着。

再一看董强，睡得猫一样，一点声音也没有。看来他真是个没有心事的人。

火车竟然提前到站了。真他娘的绝了！竟然有提前到站这一说。他们怎么不怕扳道岔扳错，引起各路车辆相撞？

这才是早晨5点多钟，就到了大理。出来时，他们不得不从箱子里找出厚一点的外衣披上。众人随着人流往外走，在出站口又跟无数个旅行团拥挤在一起，混乱不堪。接站处有各个旅行社的导游手拿小旗在吆喝人。他们团的地陪却找不见了。

又是一通混乱。等到那个浑身披挂着也不知是白族彝族还是苗族傣族服装的小女人出现时，他们已经有了一些怨气。只听那个小女人抱歉说：我是按时来的，没想到火车提前进站。

众人也就说不出什么。跟着上了车，听她讲一天的活动安排。先去吃饭。然后大家将行李放车上，直接上游船，去游苍山洱海。

众人一听,不对啊,说我们得先进客房打开一下行李,洗漱洗漱,休息一下,然后再去游。

小女人解释说:因为你们提前到站,所以客房也没有收拾出来,暂时还进不去。让大家直接去游玩,这样不耽误时间。

一行人叽叽喳喳,说:现在我们疲倦肮脏已极,根本没有兴致去玩。连续作战,谁能受得了?昨天早上从北京出来,一路飞机、火车,行李就没打开过。在火车上又没洗漱,我们浑身都臭了,还怎么去玩啊?

小女人说:待会儿大家到了吃饭的地方,可以到卫生间洗洗脸。

众人急了,质问道:干吗?我们是玩来了,还是受罪来了?

原先总见报上投诉旅行社这个那个的,现在才体验出,旅行社真不是个东西。不让游客进房,拉出去游玩到晚上才归,实际等于一天的房钱又省下来,这部分钱进了谁的腰包还不清楚?

众人说:房间收拾不出来,我们等。你说,几点能收拾出来?

小女人说:游船票已经订好,如果去晚了,就坐不上,今天的游览洱海计划就要泡汤。

一行人说:你不会跟他们电话说等一会儿?

小女人导游说:游船公司不归我们旅行社管,我们不去坐,会有别的人去坐。现在是旅游节,人多。

一行人被她说动,未免担心。董强却态度强硬,坚决要求说:那我们就不坐了。你给我们安排房间,我们要进去。

结果,只有他们俩和一对老夫妻要求进房最坚决。别人,无可无不可，主要是受了她的蛊惑，舍不下她说的豪华游轮游洱海。一看没有办法，小女人装模作样似乎打了很多电话，才费劲要下两个房间的样子，让他们两对住下。看那表情还想让他们领情。他们根本不理，没一句感谢话，提起行李就往里走。小女人讪讪地领其他人走了，去坐游船，说好他们不参加白天的活动，晚饭时在餐厅里会合。

睡觉休息的权利竟也要斗争出来，这可真是万万没想到。他们都没有过跟这种大众旅行社出游的经验。见报上经常报道，旅行社以及导游的猫腻什么的。现在真正体会到了，不免有些扫兴，也有点疲惫不堪。

然而到了房间，关上门，当这屋里只剩下二人独处时，却是隐隐的兴奋与紧张。几乎不知该做些什么，该从哪里下手。

还是董强老到，镇定一下，放下行李，假装忙进忙出，查看房间设施，故意咋咋呼呼，打电话向服务台要开水，让服务员小姐给送茶叶。待小姐离去，董强给二人泡上茶之后，就做出一个“请”的姿势，让梁丽茹先去洗漱。

女士优先。他说。

梁丽茹也就没谦让。跑了两天，衣未换衫，马未离鞍，真觉得身上都臭了。于是暂时就搁下董强，让他自己去瞎忙乎，自己穿着衣服，拿好洗漱用品进了卫生间。进去时还没忘了将干净衣服带进去，待会儿洗完之后换穿。

洗完出来，头发湿淋淋，脸蛋红扑扑，她穿着那齐地的真丝睡袍，也没敢看董强。董强正坐椅子上拿着遥控器乱调电视。一见她出来，扑面而来的是洗浴过后的香气。董强也没多说，欠起身子，着急忙慌赶紧钻进卫生间。

等他草草洗完澡出来，梁丽茹正坐在镜前梳头发。董强腰间只围着一个浴巾，慢步踱到她身后，看着镜中的女人，故意夸张地双手一摊，说：梁……梁老师，你看，我睡哪儿？

梁丽茹的脸唰地红透了腔，一只手把梳子举半空中，却不知该如何落下。

他拥抱着她，放在床上仰卧，那样眼睛对着眼睛，直视。女人最初体态僵硬，闭上眼睛，皱起眉头发出沉闷的哼声。终于，这哼声变得酣畅，在手指的抚触下，给点化成一条刚从水里上岸的鱼，不安又急切地扭动，摆尾，弯来弯去，露出一条鱼应有的模样。

现在，终于到达了目的地。两个躁动不安的身体终于找到了他们的目的地。

她不知道，还能这么好，身体还能这么好。最后的时刻，她脑海中一片空白，只能一味地叫着：董强董强董强……

欲仙欲死。欲死欲仙。像沉溺在海水里淹死了。

半晌，梁丽茹从沉溺之中苏醒过来，脸上仍泛着激情的潮红。董强也不言语，仰面躺着，闭着眼，享受风暴平静后的惬意。他能感觉到，自己的打赌还真是猜对了，她真的跟别的男人没有过，动作技术僵硬，身体变形。这方面，他有经验。

梁丽茹枕着他的臂膊，想着董强刚才做得近乎完美的一切，不由得感叹：人跟人，真是不一样。顾跃进以前也没能这样。他要经历多少女人,才能修炼如许真身?

这样一想,梁丽茹的脸就有点多云。

梁丽茹转过脸,问:董强,你有过多少女朋友?

董强侧身,揽过她,亲她额头,说:我说梁老师,这不是搞科研,我们这可是在大理啊……

说完,就把嘴唇凑上来。

梁丽茹笑。等平静下来,半晌,她问:董强,你为什么不结婚?

董强略一迟疑,沉吟,说:结婚……干吗?结婚好吗?

梁丽茹的表情又一阴。她没法回答。

董强仿佛感觉到挑起了不开心的话题,忙拿话哄她说:宝贝,睡吧,睡吧。两天没好好休息了。

董强一边说,一边轻轻拍她。

她像受了暗示,果然又累又困,在浓浓的爱意中睡了过去。

这一觉睡得很沉,很深,漫漫无际。其实时间很短。人在热恋时是睡不了多长时间的,而睡眠质量却奇佳。

梁丽茹先醒了。她触到了身边躺着的年轻的躯体,又四下打量一下,想起了自己所处的环境。她内心充满幸福,又有些羞涩地打量起董强,真是年轻啊!无比结实,用手触到的每一块肌肉,都是硬邦邦的。

她又用手背试着,小心翼翼地顺着他肌肤的纹路爱抚。

董强连眼睛都不睁,一把握住她的手。慌得梁丽茹忙抽回手,说:别闹了,中午了。咱们起床吃饭吧。

梁丽茹说完后,亲了他脸一下。

“这可是有生以来你第一次主动亲我啊!”他眼睛眯成一条缝,偷看着她,哼唧哼唧地说。

她轻轻给了他一巴掌。

中午,他们起床,换了衣服,出去吃饭。梁丽茹换了件亚麻纯棉混纺的大萝卜裤,一件棉绒休闲衫,平底旅游鞋,舒服得要命。董强也换了件棉 T 恤,一件薄的水洗布休闲裤。不知怎的,他好像总是穿得比她少,不是一个季节。到底是年轻啊,体热。先看了房间里的旅游介绍,出来又跟的士司机打探,这附近有什么好吃的。司机说,你们来了大理,不能不吃洱海锅仔鱼啊。他们问哪里可以吃到,司机说我拉你们过去,沿着这洱海海边走,到处都可以吃到。

洱海不是海,它只是高原上的美丽的湖泊。四月的大理,风光旖旎。放眼望去,湖水碧波荡漾,处处山茶飘香。丛丛大理菊,棵棵蝴蝶兰,都在静悄悄地吐露芬芳。海滨公路上行人稀少,此时人们都被旅游团拉去,蜂拥在那几个著名的景点——大理三塔啊蝴蝶泉啊什么的旁边。而这真正的洱海海滨,却留给了喜欢清静的恋人们消闲。他们找到一家干净的小店,消消停停吃过饭,出来,问梁丽茹还想去哪。她说不想去人多的地方,于是他们就继续沿着布满灌木和林荫的海边土路漫步,消磨着这难得的幸福时光。

午后的洱海海滨,艳阳高照。天空碧蓝,湖水荡漾。苍山在远处迤逦绵延。缥缈处,传来那首动人的《五朵金花》插曲:大理三月好风光哎,蝴蝶泉边好梳妆……多么醉人的景象!他们一路走,一路玩,一路陶醉。海滨之路如此清静,路上偶有三两个漫步的行人，外侧公路上偶尔有一辆汽车驶过。灌木丛一会儿扎着了他们的脚，低矮的树枝一会儿碰了他们的腰。他们就乱蹦乱跳，胡乱咋呼一下。走到没人处，董强就蹦跳着跑到她前边，一个拿大顶，吓得她一跳，转而又吱吱笑。一会儿他立起来，又捡起石子抛向洱海里打水漂。她吵闹着跟着他打，却总也抛不出他的石子那样的弹跳曲线和弧度。他们就笑声不断，闹声不断，推推搡搡，简直就是老夫老妇聊发少年狂。

充满林荫的海滨土路上，不时有挑着担子卖水果的老农吆喝走过，一会儿过去卖樱桃的，一会儿过去卖芒果的、卖青杏的、卖荔枝的、卖菠萝的，听起来都是诱人的春天的果子。他们只顾追撵得高兴，对老农视而不见。一会儿来了个担着土篮卖枇杷的，停在他们身边不走，不断吆喝：枇杷，枇杷。一听说是枇杷，她就来了馋劲儿，让他给她买。董强就叫住老农，蹲下身去，在他的篮子里一个一个地挑挑拣拣。将枇杷买了来，他又大献殷勤，主动将枇杷的表皮细细剥掉，一颗颗送到她嘴里。她简直像个小姑娘一样受宠，欢笑，张开口，一口一个，从他手心里叼来肉乎乎、黄澄澄的枇杷，一边欢天喜地，故意奓着手，跳到围堰上歪歪扭扭地走着。他就赶忙伸出手去，随时准备拽她，吆喝她不要掉到海里去。

这种感觉多长时间没有了？她一面咯咯咯地乱笑，一面在疯狂地想。受宠，被爱，被照顾的感觉，多长时间没有了？

她记得自己因为严重抑郁去看心理医生时，医生让她回忆自己哪个岁数最好。她想都不想说：21 岁。那时最好。那时她处处受宠，尤其有顾跃进在宠她。跟顾跃进走在一起，她总是要他给买零食:你给我买这个!她撒着小娇说,你给我买那个!我就要那小孩手里拿的那个!那时她是谁?大学教授的女儿,虽不敢说是校花,却也是娇娇滴滴、多才多艺,学习成绩优秀,身后跟着一大群追求崇拜者。他作为一个从山东农村出来的孩子,能追得到她,曾令多少男生嫉妒和暗羡!一转眼,已经是20世纪的事。很遥远,不真切。医生说,那么你就要努力想着,要恢复成21岁时的状态。

说得倒轻巧。失去的又怎么可能重来?!

董强在怪模怪样地闹着,笑着。他也奇怪,从前跟小女朋友玩时,都是对方撒娇,自己得做出宽怀大度的成熟模样。现在,跟着一个比自己大的女人,却可以尽情撒娇,展现自己顽皮的一面。这是新鲜的体验。

苍山春风劲吹,洱海水波微漾。她眼睛里蓄满激情的潮水,望着这个打水漂的大男孩,那样一首让人梦魂萦绕的诗,一句爱的赞颂,却是随口而来:

我说你是人间的四月天;
笑响点亮了四面风;轻灵
在春的光艳中交舞着变。

你是四月早天里的云烟,
黄昏吹着风的软,星子在
无意中闪,细雨点洒在花前。

那轻，那娉婷，你是，鲜妍
百花的冠冕你戴着，你是
天真，庄严，你是夜夜的月圆。

雪化后那片鹅黄，你像；新鲜
初放芽的绿，你是；柔嫩喜悦，
水光浮动着你梦期待中白莲。

你是一树一树的花开，是燕
在梁间呢喃，——你是爱，是暖，
是希望，你是人间的四月天！①

她是那么认真地凝望着董强，或者透过董强望着虚无。每一个词，每一个句子，都深深把自己打动了。

朗诵毕。董强蹲地上，鼓掌，笑。

你笑什么？

我笑你像大学四年级，哦，不，大学三年级女生。

瞎说。

真的，以后我不叫你博导，就叫你大三女生行吧？

别胡说了，走吧。

他们并肩前行。她心里有点黯然。明白有些东西是没法跟他交流的。

---

① 林徽因：《你是人间的四月天—— 一句爱的赞颂》。

董强看她的脸有点阴，又来哄她说：哎，真的，《你是人间的四月天》剧组那导演我认识，要不，什么时候，请来学校做个座谈？让梁博导把这原诗的意义重新给他讲解一遍……

梁丽茹说：去你的。还有点正形吗？

她简直不知拿他怎么办才好。

而他则想的是：这个女人，诗呀画呀的，这么个岁数，还整天的白日梦。

董强想到这里，不由得抚一把她头发，感喟：你可真让人发愁啊！

哦？愁什么？

他以情场老手的姿态说：发愁你何时能长大？我是指情感方式，就你这样，梁丽茹老师同志，我真怕你被坏男人骗了去。

我这不已经被坏男人骗了吗？

哦？哈哈哈！董强大笑，梁老师你悟性可真高啊！不愧为博导！佩服！佩服！

梁丽茹说：别博导博导了，不会叫点别的？没听网上管博导叫"驳倒"，管博士叫"博屎"吗？

董强说：那你说我应该叫你啥？叫"博起"？"博起"的应该是叫我，也不是你啊！

说完得意，自己一阵坏笑。

梁丽茹拿起手包狠狠地打他一下，说：你这个坏东西！

董强嘻嘻笑，沿着围堰，边跑边喊：我说梁博起，被我骗一次，就应该终生免疫，不许再被别人骗啦。

离开洱海，看看还有时间，又打车游大理古城。大理出产大理石。用石头做的烟灰缸、瓶子、花瓶、茶叶盒、石画、漆画，到处都是。再有就是云南蜡染服装，满天满地地吊着。这些假里假气的城门、遍插的山寨小旗、青石拼贴的古巷古街，都像搭起的影视城。

他娘的，到处都是伪传统。

董强一摊手说。

走累了，他们回店跟团队会合。听到他们一行人也在骂，说累惨了，受骗了。很贵的船票，看的全是假歌舞，可是上了贼船又下不来。

晚上不安排集体活动。吃过晚饭，两人又去剧院看云南歌舞表演。这也是导游极力推荐的娱乐项目，说是从哪哪来的歌舞团演出，都是专业演员，一流的声光电效果，云南各个少数民族的歌舞都有。团里没有人响应，估计众人是嫌票贵，大概也累了。只有梁丽茹、董强他俩白天休息过，又不愿意将良辰美景大好时光过早地在屋里消耗，于是就跟着去了。

你还别说，前来观看的人还真不少。大幕拉开，一看，多数舞蹈编排简单，彝族、白族、哈尼族、壮族、傣族、苗族、景颇族、拉祜族、布依族、水族什么的都有，也分不出个个数来，只是服装色彩好看。演出票价却不菲，130 元一张票，可以媲美北展剧场的俄罗斯芭蕾舞团的演出价。如果给它估价的话，按当地消费水准算，它的演出水平，也就值个将原价打对折，再减去 10 块还差不多，五六十块钱一张票已经是抬举它了。他们是通过导游搞的票。导游一直把他们送进剧场，又在外等候，说是怕游客回去不识路，出问题。

就在外面的售票室里心甘情愿地等,撵也撵不回。如此热情,他们以受过骗的心估摸,又有50%的票价回扣进了导游腰包。看完戏,他们跟着导游一路步行回来。被洱海湿暖的夜风吹着,心里毛痒痒的。尽管明知受骗,却仿佛很舒坦。

这是梁丽茹平生最快乐的一天。自从跟顾跃进分居后,快乐好像从此与她绝缘。

欢娱过后,梁丽茹躺在董强的身边,还在想,不管怎么说,被人伺候,有新鲜的情人,都是幸福的。

他呢？顾跃进呢？是否这些年来,也一直过着这样的生活？日日新郎,夜夜洞房？

想到这里,梁丽茹心又阴了。

为什么我躺在情人的身边,却总要时时想起自己的爱人？

没救了。真的没救了。可能天生注定我就是这种人。

她摇摇头,想要拂去阴影。

伸出手去,用手背爱抚董强,摸着他刮得很硬的络腮胡楂,刺痒痒的,很爽,一下又一下。

他佯睡。抓住她的手贴在嘴唇上,闭着眼睛笑,坏坏的。

她忍不住翻身过去亲他。

他一把又把她拉上身来……

3

于盈盈根本没想到顾跃进又回来了。她站在那里有点发蒙，一时间手足无措。

本来她在心里已经做完了告别情绪，只等着顾跃进一走，她就赶紧补觉，睡醒后再去美容院做做脸。一晚上的失眠，让她的眼泡明显肿了起来，虚浮得不成样子。这个模样别说去电视台上班，就是去大街上见人她都没脸见。

哪承想，顾跃进又扭头回来。更没想到连自已都出不去了。

真是糟糕。没有比这再糟糕的了。于盈盈心里暗暗叫苦。

隔离是什么？她还没来得及体会。现在她能体会到的，是又睡不成觉。

没人知道她昨天晚上是怎么熬过来的。她被顾跃进的呼噜声吵得一宿未眠。

天哪！没想到男人一老，这么能打呼噜！那简直是非人类的，怒号、咆哮。老虎、狮子、狗熊在昼夜不停地号叫；风箱，汽笛，一阵一阵，抽冷子响起，一点规律都没有；一万辆火车、坦克轰隆隆地开过来，轧过去；一千场雪崩，泥石流，山洪暴发，铺天盖地，滚滚而落。

她已经想不出什么词儿来形容自已所经受的折磨。

不脱衣服时，看到的也是华服锦绣、宝马香车、信用卡在握、一个雍容典雅的成功人士。

压在身上时，也是虎背熊腰、肩宽背厚、孔武有力、所向披靡的床笫高手。

然而，一睡着了，怎如此不堪？

只是一堆肉。绷紧的肌腱完全泄了。一堆瘫在床上的老肉，伴着呼噜声。尤其是喝多以后，头发里浓烈的烟味、嘴巴里臭醺醺的酒气，污秽至极，惨不忍睹。

她恨，又不敢怨。她想把他弄醒，轰出去走人。

然而，她不敢。没有办法做到。

她就只有忍着，熬着等待天明。

自诩为小资“布波”一族的于盈盈，认为自己交往过的男人够多的了，没想到，人跟人如此不同，睡觉跟睡觉有如此大的差别！大学时曾经同居过的初恋男友，睡觉像猫儿一样，一点声音都没有。后来的几个瞎玩的，也很少同居，都属于匆匆相会，然后分别。彼此相安无事，疯狂挥霍青春。

作为一个 25 岁的女人，她还从没跟这么老的、年龄几乎大她两倍的老男人做过，更别提睡在一起。45 岁的男人，在社会上也是如花似玉、灿烂如金的年龄段，然而，对于 25 岁的女人来说，已然属于老男人之列。

于盈盈就纳闷，为什么报纸杂志上宣传这些成功人士，总说他们这么好那么好，干得好不如嫁得好，年轻女人嫁给他们，会如父如兄、如胶似漆，老夫少妻长寿时髦。怎么就没人告诉她，这个年龄段的成功男人,身体上的零件全都该大修了:什么“三高”,打呼噜,夜晚躺床上一堆肉……

实在是不堪!

当初怎么没想到在小书房里准备一张备用床呢?于盈盈想。现在,整张大床都被一列呜呜作响的时代列车占据着,推也推不动,弄也不敢弄醒。客厅兼小书房里只有两个单人沙发,守着一张茶几,人没法窝在沙发里睡觉。为什么不弄个长沙发?房东这户人家原先是怎么过日子的?

实在没有办法,她就用棉球堵耳朵、戴上耳机听音乐,都没用。呼噜声具有穿透力,比重金属还要刺激耳膜。折磨得不行了,她就只好爬起来,呆坐一会儿,然后到客厅去抽烟。她推开窗子,看看北京城的夜色。远处霓虹灯闪烁,近处槐树花飘香。谁能知道有位姑娘站在这里,因为跟老男人偷情而失眠?

她闷闷不乐地走回房来。呼噜声仍旧作响如炸子儿,也如狗吠,如驴啼。她在这小小的四十几平米的房间来回转了几个圈,转累了,这才坐到桌边,打开电脑,上网,郁闷。翻翻八卦新闻,看看BBS上又有什么新帖子,打开QQ跟几个熟人聊了一会儿天儿,又到联众游戏网站玩了会儿扑克牌。眼看着把游戏厅里的人都耗走了,她自己也已疲惫不堪。这才昏头昏脑,从网上下来,试着回来躺在他的身边,呼噜声一响她就立刻精神了。谁的耳边有炮仗轰鸣,谁的神经都被炸得一激灵一激灵的。

于盈盈无奈,就只有走来走去,再一次打开电脑,呆坐。一条条帖子都被她的鼠标小箭头点过了,也不知究竟说的是什么。眼睛昏花,脑袋发涨。关机,再次回到床边呆坐。

一点一点熬着,硬挺到天亮,盼着顾跃进醒来,早点儿滚蛋。

哪承想,他又回来了。这可怎么办?

小屋里乱糟糟,隔夜的气息还没有散尽。枕头、被子歪着,几个不雅的卫生纸团胡乱丢在地上。昨夜的激情肉搏战场还没来得及打扫。顾跃进眼里看不见这些,只是气急败坏地进来,风风火火地说:不行,我得出去。

然后他几乎看都没看于盈盈一眼,就急忙站屋地上开始疯狂打电话。

于盈盈还机灵,站在一旁忙说:别说自己被隔离了……

顾跃进说声知道,又忙着拨号码,同时心里寻思:也是不能说。这么大一个地产老总,在女人家里睡觉,一觉醒来被隔离,也未免太戏剧化了。要让娱记狗仔们知道了,肯定又是一袭猛料,还不知给爆炒成什么样呢。再者说,被人知道,出去以后也麻烦,招人烦。从隔离区出去的人,身上带没带病毒也很难说,恐怕人人都要躲着回避自己。

于盈盈则趁着他打电话的工夫,忙着更衣、洗脸,急急忙忙收拾房间。

两个人正在这儿各自忙活着,楼道里踢踢踏踏、叮叮咣咣一阵响,走路声、叩门声、说话声响成一片。他们家的门铃也被丁零丁零按响。从猫眼里往歪一瞧,是一群穿着一身白的人在门外站着。于盈盈用眼神征询身后的顾跃进,怎么办?顾跃进一挥手:开!都这时候了,不开门,躲,能躲得过去吗?

二人也就都不回避,直接打开防盗门。就见邻居家的门也打了开来。门口站着的人也不进屋,一个高,一个矮,像是一男一女,穿着白大褂,大口罩把脸捂得严严实实的,只露两个眼睛在外边。他们自我介绍说是社区的,负责管理这片的,来给各户发放消毒液和体温计,同时还有口罩、喷壶、一次性垃圾袋之类。他们又一次强调说,隔离期间居民不允许外出,亲友也不允许进隔离区来探望。所需要的日常生活用品和食品,每天登记,由他们统一负责采买。每天上午和下午他们还要统计一次体温。如有情况,要立即打电话上报,不能隐瞒。消毒液的稀释浓度要正确;每天要开窗通风换气;要勤洗手,干完任何事情,一定立即洗手,用肥皂洗上至少三遍。

嘱咐完这一切,他们放下东西走人,又急匆匆上六楼。关好门,顾跃进和于盈盈面面相觑。怎么,这就来了?叫作"非典"的那个东西?这么快?以这种匪夷所思的方式?

于盈盈原来还在担心的"查户口"问题根本不存在。现在人们的心思只在"非典"上,不关心屋子里面住着的是谁。这就是一个大都市的自由、宽容和散漫。在一个人们来来往往的大城市里,一个屋檐下住着的是谁,谁和谁同居什么的没人过问,只要不嫖娼、不贩毒、不违纪违法,就没人干涉;加之这里是老式居民区,原本是某国家机关的宿舍,后来人们都买了商品房,住到城外郊区宽敞的豪宅,城里的闲置房屋就地出租。如此一来,住户人员成分变得比较复杂。互相不认识,谁也不知道谁是干什么的。社区的干部现在也都素质比较高,都是专职人员,该管的管,不该管的不过问,不再像从前“小脚侦缉队”专门盯着人家看谁家搞破鞋。

门一关,顾跃进的电话打得更加急切。趁这会儿隔离刚刚开始,也许还可以出去,晚了,就更来不及。

打电话找人,让各路朋友帮忙想办法,只说是自己老家的弟弟来北京被隔离了,求他们帮助把人给捞出来。

电话一个一个打过去,却一个一个没有乐观地回答。朋友说:顾总,你没看这两天电视新闻吗?有几个官员被撤职了,人民医院也被封锁隔离。

顾跃进说:不会吧?原来不是说是谣言吗?

朋友说:这种事,谁也不敢出面,说是要以刑法论处的。

顾跃进一听:什么?难道出一个隔离区竟比越狱还可怕?

朋友说:是的,顾总。这些天你在外地,才回来,可能有所不知,越狱还只是一个人的事,一个“非典”病人逃出来,全北京城就完了……你还是劝你弟弟安心地在里面待几天。

顾跃进说:好吧,你别说了,我再想想办法。

顾跃进来回查看手机里储存的联系人,继续找人说情。他心想:我就不信还能憋死在这里。把能想起来的相关的人的联系方式,从公安局派出所,一直找到这栋楼所属的某国家机关部委的后勤部门,人都找遍了,没有人愿意出面,都说救不了。

最后实在没辙,他只好打电话给一个政府部门的朋友,那人手里掌握着重要的实权,一般情况下,他不会轻易去动用这条人情链。但是现在情况紧急,也就顾不得这些。电话通了,朋友正在开会，没有立刻回答他，而是让他待会儿听他电话。顾跃进觉得有戏，紧张地等待着。一会儿，电话打回来说：顾总，实在没办法。我们现在也正在开会说这个问题。不是兄弟我不帮忙，而是事关重大。还是让令弟受些委屈，在里边待一段时日。我们是要保证隔离区的居民正常生活的。

顾跃进谢了人家，挂了电话。他知道最后一线希望也没了。

看来，真是事情重大。

“非典”是什么？他直到被隔离了都还不清楚。他这些天忙得昏了头，没顾得上看新闻。自从美国宣布已经完全占领伊拉克、美伊战事逐渐淡出了人们视线之后，这些天的新闻他就不太爱关心。至于“非典”这个怪异的名词，只记得头些日子在酒桌上，谁还拿广东的一种叫“非典型性”的感冒发烧病开玩笑，尤其看到说广东人因此抢购盐、抢购醋、抢购大米、抢购板蓝根，他们听了觉得更加好笑。他们这代人都是从那个动辄树立“典型”的时代过来的，如今听说了一个词儿叫“非典型”，外加一个“性”（他们把后缀“肺炎”去掉了），说打炮还打出一个“非典型性”！

谑浪嬉笑之间，谁也没当回事，说说就过去了。现在他想要弄清楚了。顾跃进又打电话给一个医院的朋友，询问“非典型”是怎么回事。朋友一听，问：顾总，你没事吧？

顾跃进说：没事啊！我挺好。那什么，我就是好奇，想知道这是个什么东西这么厉害。

朋友又说：顾总，你不在北京吧？

顾跃进说：是……是啊，我老母亲这几天有病住院，我这是在山东老家来陪护她呢。

朋友说:怪不得!我听你的话简直像天外来客。哦,这么跟你说吧,死人了你知不知道?

死的是一个外国人,联合国官员,从泰国过来,到了北京,被传染上“非典”,过几天就死了。这就惊动了上上下下。国内外,联合国,都关注起这个事来。这么一查,所有的事情都被查出来了。广东的“非典”,香港陶大花园的集体感染事件,人民医院的上百名医护人员被感染……

顾跃进说:哦?有那么严重?真死人了?真到咱家门口了?

朋友说:可不是。不信你到网上看看,可详细了。今天还听说某某小区又发现一个“非典”疑似病例,小区全体被隔离了。

他说的,正是顾跃进现在待的小区。顾跃进心里一惊,忙问道:你说的当真?

朋友道:当然,这么大的事,怎么能开得起玩笑?中央把卫生部部长换人,咱北京撤了市长,新上了代市长,已经开始抓了。

顾跃进说:哦,哦,我明白了。

朋友说:顾总,趁着在外地,就多待些日子,别急着回来。现在北京的人都在往外走,这“非典”,还指不定闹到啥时候呢。

顾跃进说:好了好了,你别说了。那什么,我手机要没电了,就到这儿吧。

关了手机,两眼发直。看来我就是倒霉的那个了?一觉醒来就被隔离?我还不算是倒霉呢!没染上,就是幸运。

顾跃进张皇半天,眼看既成事实,急也没用。他这时才觉得饿了，就对于盈盈说：饿了。给弄点啥吃。

趁他打电话的工夫，于盈盈也给电视台打了个电话请假，说自己有点感冒，头疼。也没敢说隔离的事情。值班的主任听了，一惊，问：你发烧吗？于盈盈这时还不明白“非典”有啥特征，就按照编造的感冒谎话顺着往下说，不发烧，就是有点流鼻涕。主任说：那你就在家好好休息，有啥反常情况要及时报告。记住，每天要量一次体温，并于下午4点以前向单位报告。

啥叫“反常情况”？放下电话，于盈盈还在心里嘀咕着。

就在他们打电话的时候，小区已经如临大敌。街道社区的干部（可能还伙同着当地的防疫部门），一律穿戴整齐，全副武装，穿着防化服，背着喷雾器，来楼道里喷药消毒。居民如果有要求的话，可以义务入户消毒。

随着踢踢踏踏脚步声响，扑哧扑哧像拉水箱的声音，霎时间，整个楼区水雾弥漫，充满了过氧乙酸和“84”消毒液的气味。倒是不难闻，有点像医院的来苏水气味。有什么东西平白无故总在来苏水味里泡着？除非是太平间里的死人吧！那浓烈的医院味道乍一透过门缝散进来，于盈盈和顾跃进都很惊惶，相当地不适应。

于盈盈通过门上的猫眼望去，只见这些人白花花的，行动迟缓，一个死角都不放过，耐心地往墙面和地上的犄角旮旯处喷雾。真像看恐怖电影一样，仿佛外星人来了，地球人类即将毁灭；也令她联想起登上月球的人类，行动走路好像也是这副打扮。

于盈盈毕竟年轻，没经历过什么灾难场面，这时还有点痴顽，尚未觉得特别恐惧，相反，她还感觉到这突变带来的某些兴奋和好玩。

顾跃进却不同。求人盗洞，要给说情出去，却未果，真是令他百爪挠心，若坐针毡，形同困兽。他是个日理万机的老板，本来是百事缠身的，这一下子，人不能办公了，公司里那一大摊子买卖可怎么打理？赶紧打电话先跟公司副总交代，说自己老娘突然犯心肌梗死住院，自己来不及打招呼就回了老家，可能要陪护个十天半个月，公司事情让他一应打理，重大事情等他回来再说。接着又向自己的女秘书吩咐了几句接听电话、有人找他后，该如何应答的一些事。最后又打电话给他的司机顾京生，也就是自己堂弟二柱子，把自己被隔离在这儿的实情告诉给了他，让他送一些日用品过来。

说起来，茫茫京城，偌大公司，也就只有司机顾京生，也就是自己堂弟二柱子才是自己的心腹。堂弟到北京来投奔他，跟了他好几年。别看比他小十几岁，却很有眼色，聪明，长得也好，白白净净，非常秀气，什么东西一学就会。在顾跃进身边长了见识，经过修炼，知道什么能做什么不能做。

顾跃进看明白了，在他山东柳条铺子顾家村老家没出五服的亲戚当中，也就这个堂弟是个可造之才，别的人，谁都指望不上。自己家里的一个哥哥是智障，天生智力有缺陷，一个妹妹因为当年供养自己念书，结果初中没毕业就辍学帮家里干活，现在又娶个倒插门女婿在家里一起奉养70多岁的爹和娘。顾跃进曾经打算把他们接到北京来，他们不愿意，住了几天就急着走，说不习惯。

顾跃进在北京就有些独自飘零的味道。他曾经暗自羡慕过那些家族式企业，毕竟血浓于水，都是自己家人，遇事还能帮着出个主意。而他顾跃进只能单枪匹马地干。堂弟顾跃文来了后，顾跃进才有了帮手。但他不喜欢堂弟叫这个名字，听着心里总觉别扭，叫“顾跃进”的人应该就他独一份，别人不该离他名字这样近。他就给堂弟改了大名叫“顾京生”。堂弟对他言听计从，他说叫什么就叫什么。二柱子在人前毕恭毕敬地称他“顾总”，私下才敢叫他声“哥”。

这次，一听是“隔离”这回事，二柱子先就紧张了，几乎带着哭声，说：哥，你有事没有啊？你这要有个什么事，你可让俺咋整呢？

顾跃进就喜欢听到这么彻头彻尾的投靠和倾诉，但又故意拉下脸来申斥他说：慌什么？！挺大个爷们，遇到这点小事就慌！我这又不是被逮捕、拘留，不过是暂时出不去，怕身上染了病毒到处扩散。这不也是好事嘛！万一有个事也好随时治疗，观察个十天半个月就出去了。你那什么，给我送些吃的用的来，我这里是一点准备都没有。

又说：对了，我手机没电了，你去家里把我的充电器和备用电池找来……唔，算了，你还是出去再给我买个新的来。钱够不？不够先借点垫上，出去后我给你。

二柱子忙说：够够，哥你就放心，我马上就办。

顾跃进又嘱咐他严密封锁消息，不许泄露半句。别人问起，就说顾总老母亲突然犯心脏病，顾总临时回山东老家了。

二柱子连连说：明白、明白。

二柱子不愧是跟了他多年，言必听，行必从。顾总一个眼色，他就知道他需要什么，日常需要的东西，平时也都是二柱子替他买，月底一起结账。二柱子等于又是他的司机又是他的勤务员。二柱子的媳妇也过来在顾跃进公司里干保洁，孩子上学，也是顾跃进一手安排的。顾跃进对他们一家的恩情，可以说是比山高比海深。他是他们在北京的衣食父母。

傍晚的时候，二柱子将一应杂务送了过来，通过值勤的保安，交到社区干事手里，再由社区干事穿着防化服，将物品转送到楼上。顾跃进打开一看，吃穿用俱全，二柱子考虑得非常细心、周到。一箱啤酒和一只外卖烤鸭，几样小菜，一部新手机。另外还送来了家穿的衣服、棉毛裤、休闲运动服，还有裤衩背心，睡觉时穿的睡衣，全是新买的。还有当天的报纸，《晚报》《信报》《京华时报》。

顾跃进心说，这个二柱子，我真算是没白疼啊！就算是自己有个老婆，也未必能想得这么周全……这个念头唰地一闪而过，顾跃进就赶紧把它弃除出去，根本不让它在脑海里停留。

现在不是想这个事的时候，先得处理眼前事物要紧。

没心思吃东西。刚把 SIM 卡安到新手机里，铃声就响个不停。有副总来请示工作找不见人的，有朋友之间互相问候的……一个接着一个。这个时候如果打电话找不见人，就特别让人惊心，以为出了什么事儿呢。

一个长途是从老家来的，刚说了声“喂——”老家妹妹一听他的声音，立刻就哭了，说：哥你上哪去了？俺娘听说北京城里闹“瘟人”，让俺立刻给你打电话，一直找不见你，可把俺急的……

顾跃进说：什么“瘟人”啊？别听人瞎说。我这不好好的吗？

下午谈生意,怕打扰,关机了。

老家妹妹仍带着哭腔说:俺娘说,要不行你就早点回家来躲避。挣钱多少都没有用,保住命才是要紧。

顾跃进说:傻妹子,别瞎担心。你也劝俺娘放心,就说哥在京城里绝对安全,好好的呢。过两天抽空俺就回去看俺爹和俺娘。你也要好好照顾自己。

说完挂了电话,有点眼泪吧嚓的。

他这边电话打个没完,于盈盈那里总想抽空眯一小觉,却总是被楼道里的踢踏声、一会儿来收集体温、一会儿又来送各户订的蔬菜水果面包的敲门声打断。她在心里烦,心想体温自己电话告知不就行了吗?送食品就搁到门前不行吗?

要在平时,家里是不来人的。现在城里的规矩是没预约就不会随便上门来。除非是街道收水电费,再有就是上门发小广告的,才直接当当敲门。眼下日常的宁静全被打破了。不断来人,将门敲开,与屋里人有个照面,这是小区负责人的责任,他们要面见一下屋里的人无恙方才放心。

除了迎接敲门,电话也接连不断。于盈盈也接到好几个电话:朋友的,同学的,家里的,问她是否平安。尤其远在湖北小县城里当中学教师的爸妈,在电话里让她回去。说别人家凡是孩子在北京的,都在往回跑。

于盈盈跟他们开玩笑,想吓唬一下他们,就说:回不去啊!我是记者,要战斗在第一线。

一句话真把父母吓着了,说:盈盈,你可不能去啊!我们可就你一个女儿。说着说着,老两口声音哽咽,都要哭了。

于盈盈方知言重了,赶紧说:没事、没事,轮不上我去。我只是个做科教节目的栏目编辑,尤其又是面向农村的一档节目,总在讲如何养猪快速致富、果树过冬如何剪枝、有关芦荟的大棚栽植什么的,跟“非典”有什么关系呢?派也是派新闻部的人下去。

于盈盈好说歹说,才把二老劝住。他们这才肯放下电话,并让她每天给家里报个平安。

漫长的一天过去了。黄昏降临时,他们都感到筋疲力尽。两人闷闷不乐,吃掉了一只烤鸭,话也不爱说,有一搭无一搭地看电视。

顾跃进知道出去是没戏了,也就听天由命。于盈盈却觉得别扭,不知所措。以前总见不到面时,嫌他来得少。如今,可以天天在一起了,却是这种非正常状态下,简直不知怎样才好。

这隔离的第一天,就在无措和惊慌,以及打的无数个电话中过去了。

第二天,传来的消息更糟糕,北京各大超市发生了抢购。不知顾总还在“山东”外地的朋友,电话里还开口劝他说:顾总,快去买点东西囤积起来吧! 白萝卜 10 块钱一斤,大白菜 5 块钱一棵。口罩没有卖的了,板蓝根也脱销,醋脱销,食盐被抢购,大米也一袋子一袋子往家里扛。咱们原先笑话广东人的事情,现在原版不走样地在咱这里上演了。快点吧,顾总,去晚就买不到了。

顾跃进和于盈盈听了,心里咯噔咯噔的。他们被关在里头,束手无策，连抢购的机会都没有。果真发生点什么，比方说饥荒，那该如何是好？

顾总这边说不至于，那边就给司机打电话。二柱子说：是在抢购，今天我媳妇也出去抢了，超市货架基本都空了。顾总你放心，有别人吃的，就有你吃的。我这就出去给你拉。

二柱子驱车去了位于京郊石景山的普尔马斯特高级会员连锁店，那里平时就不是普通百姓所能光顾的场所，所以比一般的大众超市疯抢的速度稍微要慢一些，但也被抢购得差不多了。二柱子就将货架上还剩下的物品往汽车里搬。没多久，就拉回来满满一后备厢的食物。计有两箱燕京啤酒，矿泉水一箱，羊腿六只，猪后腿五斤，方便面一箱，色拉油二十斤，可乐一箱，面包烧鸡火腿肠豆腐干午餐肉罐头鱼罐头花生米大头菜菠菜西芹胡萝卜白萝卜若干，“84”消毒液两桶。

到了小区警戒线外，社区值班的大妈不给往上送，也送不动。司机二柱子考虑到了这一点，就拿出每人 50 元小费送给门口保安。两个保安想法借了大妈的防护服穿上，这才分头把食物往楼上扛。

物品都堆在门口，于盈盈让顾跃进帮忙，直接把东西一件件地拖到阳台上去。顾跃进说：你干啥？于盈盈说：先把它们放在阳光下晒两小时，消消毒。

于盈盈干完了活，又逼着顾跃进洗手。顾跃进翻来覆去地洗，像所有患强迫症的患者那样接连不断地洗，直到把手洗得快要脱落皮这才停住。

两个小时过后，太阳把那些新鲜的蔬菜都晒蔫了，于盈盈又把所有食品的外包装换下，全部用自己冰箱里的干净塑料薄膜裹上，这才放心拿进屋里来。

顾跃进说：这也太杯弓蛇影了吧？

于盈盈小嘴一撇，说：老公，预防一下，总是没有什么坏处的嘛。

昨晚于盈盈又是在网上度过的。她把有关“非典”的资料全部查了一遍，这才明白了这玩意儿的厉害。她马上开始紧张起来，知道这可不是闹着玩的。

顾跃进说：我们真有点像穴居人，简直快成了潜藏起来的原始居民。

于盈盈说：老公你说得很对耶！你比他们幸福多了，前没有追兵，后没有堵截。

顾跃进哼了一声，说：可是有看不见的“非典”呢。

到了第三天，更坏的消息传来，说北京就要封城了。城里的人一个也不许走，坚决把疫情控制在燕山以北小范围区域内。

朋友在电话里跟他说：顾总，赶紧跟我到乡间别墅去吧。这城说封就封，走晚了，可就出不去了。

顾跃进假装风趣地说：老弟，我现在就在乡间啊！老娘病了，我正在山东家乡陪老娘。

朋友说：顾总，你可真不愧为顾总啊！有远见，比别人先行。得，哥们也不多说了，随时打电话联系。拜拜。

顾跃进放下电话，心情沉重，在屋里走来走去，犹如困兽。打开电视,见车站、机场拥挤着各路回家的人,心里又有点茫然。这时电话铃响,一听是副总。副总来电话请示,说公司员工要求请假回家,是否给放行。顾跃进略一思忖,回答说,打听打听别的公司情况再说。副总说别家的生意也基本上都停了,现在大家都人心惶惶,保命要紧。顾总说那就照做,公司里的事务暂停,员工放假,中层以上职位的人轮流值班。末了,顾跃进又加一句"让你辛苦了"。副总诺诺。

顾跃进现在说话真的是很没有底气。他现在是有口难言,就仿佛大难当前,自己却先临阵脱逃一样,真是浑身纵有十八张嘴也无法去解释啊。

到了晚上,电视新闻里的市里有关领导出来辟谣,说一切流言都是假的,北京人来去自由。市政府已经紧急从各地调运来商品物资,平抑物价,保证人民的生活稳定,现在商场货架上已经全部充实,让市民放心。

顾跃进和于盈盈边看电视边想,也是,这是北京,是祖国的首都心脏。心脏怎么能乱?怎么能供不应求呢?他们不免望着自己囤积的粮食大米发愁。

两三天下来,两人都着急上火,都瘦了。顾跃进躁郁,憋闷;于盈盈憔悴,失眠。他们虽然不能亲身体会到外界的变化,然而从每天的报纸、电视、互联网和来往不断的电话中,一点一滴感觉到了"非典"究竟是什么,外面的世界已经变成了什么样。

于盈盈收集到的关于"非典"的当下词语:

口罩；过氧乙酸；“84”消毒液；酒精；板蓝根；金莲花；汤药（最好是同仁堂配制的）；胸肽腺；洗手（里外洗八遍）；测量体温；开窗；通风；换气；勤晒被褥；演出、会议等聚众活动停止；饭馆关门；职工放假；学校停课；各单位领导值班；发热门诊；医院成传染源……

现实的场景是：

一辆辆急救车呼啸疾驰而过；

匆匆奔走的戴面具穿防化服的医护人员；

誓师大会，妻子送郎、郎送妻子上医院前线；

每天的疫情通告会；

口罩后面表情凝重的脸；

……

春天的气息，这个季节本应有的桃花馥郁的香气，全变成了过氧乙酸和板蓝根以及煎熬中药的苦涩味道。

于盈盈也站在自家灶台前，像模像样地煎熬预防“非典”的中药。

药是二柱子给他们买来的，说是老字号同仁堂制作的，人们疯抢，都没的卖了。他这是最后一份。于盈盈一半是好奇一半也是恐惧，她提拎着大药包子左端详右端详，心里没谱地问：老公，你说这药咱们用吃吗？

顾跃进带搭不理，眼睛瞟着电视机说：愿意吃你就吃吧。我从小到大就没吃过中药。哼。没病吃什么药！

于盈盈说：那不行耶老公！万一别人都有抵抗力了，就咱没增加，那“非典”病毒还不全冲着咱来啦？

顾跃进不搭茬。她就兴冲冲地进厨房，按照说明书上的方法，实际操作。

她真把它当个事干了：一共六服药。用煲汤的砂锅熬。先将药倒入锅内，用凉水浸泡15分钟，水没过药面二分的样子即可，不要多。然后大火，烧开后，小火再熬20分钟。头汤撇出，放在碗里备用。再向锅里加入同样量的水，同样时间熬。将二汤滗出，与碗里先前的头汤相混合，再平均分成两份，每日分两次服下。

她不知从哪里学来的方法，要将所有的药一次熬完，放到瓶里，以后就不用现喝现熬。据说是她在药房里看见卖中药处负责熬药的就是这么干的。

于盈盈一丝不苟，拿个闹钟定时。一会儿滴溜溜响，浸泡的那盆到时间；一会儿滴溜溜响，煮的这锅到时间。她把锅碗瓢盆全用上了，盛汤药凉着。一服药熬出两碗汤，六服药就是十二碗黑褐色汤。

这一下午熬得真是闹心。闻着那味，把顾跃进恶心的，感觉像谁家得了痨病似的。可一看于盈盈那认真样，真是好笑又可气，又不忍心打击她的积极性。

顾跃进平时有病都不吃药，没病更不吃。于盈盈好说歹说，骗他吃下一碗。这下把他难受的。中药本来就是以调理为主，所谓调理,就是把身体内分泌打乱了重来。喝完药以后他一直折腾,胃里难受。不知是她熬的有问题还是药的问题。也许是因为他吃中药不服,恶心,吐,浑身没劲,像散了架子。

于盈盈反应没那么强烈,但也胃不舒服。她咬着牙,还要坚强地继续喝,再劝顾跃进,他却打死也不喝了。

于盈盈嘴一噘,说:算了吧,老公!委屈你了!也委屈我了。你都不吃我还吃它干啥!两个人在一起,你要是得上了,我还能不跟着得吗?

顾跃进笑笑,觉得小丫头有时候说话做事也挺可爱的。

费了一下午熬的药,全倒掉了。

喷消毒液喷得就更惨,于盈盈不知道84消毒液对金属器皿有腐蚀作用,家里的门把手上、钥匙扣上全被她喷得生了锈,裤子也被喷花了,颜色深一块浅一块的。到后来连脸都跟着熏肿了。

恐惧在突然之间,咣叽一声就把他们砸在了正常生活之外。他们处在恐惧之中,又被隔离在相对安全地带,有些坐以待毙、生死不能的味道。

4

梁丽茹和董强听到“非典”的消息，是在两天以后，从大理去往丽江的路上。

这一段路不算长，三四个小时的贫瘠山路。先是团里谁的手机上收到北京方面的短信，说是下午电视里将有重大新闻播出，“非典”蔓延太广，已经控制不住了。车上的气氛登时紧张起来，人们七嘴八舌，不断猜疑、议论，不知这个消息是真是假。他们从中午到下午会一直在路上，傍晚才能到丽江，电视新闻恐怕赶不上看。团里的人急了，打电话的打电话，发短信的发短信，纷纷往北京方面探听虚实。一时间，车厢里的电话铃声、短信铃声不停地嘀嘀嘀嘀。

结果却是越问越众口不一，谣言四起。不知哪一个才真正具有权威性。不管怎样，至少，每个人都听到了自己家里人平安无恙的消息，也就把一颗惶恐不安的心放了下来。北京那边家里的亲人们一般都会劝：别担心那么多，好不容易出去一趟，安安心心地玩吧。

尽管眼下梁丽茹没有什么亲人在那里（顾跃进算不算呢？当然不算，他们俩现在也只维持着一纸摇摇欲坠的法律关系），仍觉心里惴惴的，很不踏实。说不上为什么。不管怎么说，北京仍然有一间她自己的屋子,仍然是她的出发点和回归地,也是她的职业谋生之所。二十几年里的奋斗、打造,她的每一个气根,都在北京这棵大树底下盘根错节。

而对于董强来说,事情相对简单一些,他在北京土生土长,父母兄姊都在北京,反倒不在乎什么,一副神情笃定的样子。北京不管怎样,发生了什么变故,他都得从那里来,再回到那里去。

海拔渐渐增高。这增高一厘一寸非常缓慢,正常人基本上感觉不出什么,不像在西藏,每走一步都会觉出海拔的力量。只有个别心脏不好的人略微觉出心跳速度的超频。这一路,倒没有什么特殊的景色,潦倒的城镇、贫瘠的乡村,小镇上做小买卖的人们吆喝着,除了偶尔露出草色的春绿,还稍微像一点南中国,那些光秃秃的山脊和一片片针叶林带,呈现出类似北方乡村的场景。

一路谣言,一路短信,一路猜测。他们盼着快到丽江,也好听一个大概结果。原本是朝拜、渴望的情绪,现在被喜忧参半的心情搅乱了。来丽江之前梁丽茹看了一些相关的资料,还向曾经到过丽江的亲戚朋友请教了一番,当然,主要是询问气候啦,该带什么衣服啦,等等。女人出门,最大的一件事情不是别的,而是往箱子里装些什么衣服。她看到所有的旅游介绍、游客散记里,都把丽江夸得花儿一样,美得像天堂。

那个来过一次的女友,受了丽江古城神性或是天籁的感召,硬是将原计划三天的游玩延长到了两个礼拜,即便如此,她还说没玩够,也只是浏览了丽江的一角。说有机会,应该住它个三五个月,把丽江游个遍。梁丽茹还询问住在沈城的妹妹,那次来丽江感受到的什么最好。妹妹先是天花乱坠，在回忆里把自己陶醉一番，然后说：姐，你到丽江，一定要去听纳西古乐，喝高山雪茶。

再问那个待了两个礼拜的女友，丽江有什么好玩的，女友说：清早起来，看纳西妇女干活、甩刀杀猪、用清水洗街。

看来，每个人对丽江的感受是不相同的。

除了资料上的静止照片和每个人的口述外，动态的丽江，她只是受到中央台天气预报之后"请您欣赏"的鼓惑：丽江，古老的高原，圣洁的雪山，湛蓝天空中的洁白云朵，绿油油的草地，满地盛开的金黄油菜花。一个穿着华丽的纳西姑娘，从幽深的青石巷深处翩然走来。

这样的美景，可不就是人间天堂吗?!

他们的大巴车开到了丽江所属的大研县。进了县城，车里人在黄昏朦胧中都急切地伸长脖子向两旁打望：丽江在哪？雪山在哪？青石巷、油菜花在哪儿？

地陪导游来接车，是一个长相瘦小的男青年，黑黑的，皱皱巴巴，自我介绍他是白族和傈僳族混血儿。他的笑容很好，说接下来从丽江到泸沽湖，以及从泸沽湖返回丽江的行程，都是由他来陪伴大家。他介绍在丽江的行程：今晚住宿，游丽江古城，明天去看长江第一湾、虎跳峡和玉龙雪山，然后回丽江住宿休息，后天上午奔赴泸沽湖。

他们在当地三星级宾馆下榻。这也是旅游合同上早写好的。有人提出想要住丽江古城里的客栈，从飞机上的旅游画报里看到说，那里更有丽江风味，更能接近雪山。导游说：客栈现在都住满了，现在丽江的每一处宾馆都已经住满了人。今年四月由于办了云南旅游节，来的人比以往任何时候都多。

导游在服务台交接，拿房间牌，他们就在大厅里的电视机前围拢，拎着行李，第一个动作是打开电视，急急地确证消息。那些传闻果然不假，卫生部长换了人，北京市长也换人了。先是哑了一阵，一颗颗寒噤的心。还不知接下来会有什么事。复又漠然地笑，用不具实际意义的话语互相宽慰：换也就换了吧。咱们远在万里之外，担心也是白搭。千山万水，已经走到这儿了，还是把剩下的路接着走完吧！

进了房间，放下行李，略加洗漱。然后一行人匆匆吃过晚饭，在导游的带领下，迫不及待地奔赴传说中的美景——丽江。

丽江，应不应该是个美丽的江？

当那丽江真的耸立眼前时，他们不由得脱口而出：哦，这就是丽江？！

这就是丽江？！

这难道真就是丽江？！

没想到，丽江竟是一个熙熙攘攘的繁华小市镇！从它那个仿古做旧的、吱吱呀呀的老水车旁绕过，穿过那扇巨大的、钢筋水泥垒起的照壁墙或是城门，一脚刚刚踩上小巷里的青石板，只觉轰的一声，就被眼前摩肩接踵的行人熏了一个跟头。刚刚抬起头，又嗡的一声，被灯火通明、鳞次栉比的店铺，美艳流俗、迎风招展的旅游纪念物件又晃了一个大屁股蹲儿。爬起来，左右看时，同来的队伍中，女人们早已不见了，她们腿脚迅速，吱溜一声，快步疏散进各家铺子里，开始疯狂购物。

这叫什么？这就叫丽江？!

就像洱海不是一个海，丽江也不是一条江。要沿古城的三条清凌凌河水上溯，才能接近它那悠久的源头——玉泉，也叫黑龙潭，正是那里四季涌冒不竭的地下水，蜿蜒成穿城而过的三条小水沟，滋润了这个茶马古道上的繁华小驿站。丽江只是一座城，依山面野而建，修成一个“困”字，意在对山间劫匪马帮和异族敌寇表达它的易守难攻。

好像这不是梁丽茹想象中的丽江，这一方围城和数不清的商铺围裹成的巨大卖场。再看看它四周围的一溜红黑相间的建筑，几乎全被琳琅满目的商品和旅游饰品小物件所充塞，从房屋的整体架构和朝向，勉强能看出底色里所祈望的“紫气东来”“彩云南现”的特点。临水而居的房屋格局，那些融汇了汉、白、藏等民族建筑特点的门楼、照壁、外廊、隔扇、天井、梁枋，总是感觉似曾相识，让她想起去过的周庄、同里、绍兴那些江南水乡。若是再到过西藏，见到过藏族的房屋，它这里的“三坊一照壁”和“四合五天井”，也就不觉得有什么特色了，只是感觉包容性比较强。

游人如织，叫卖声如潮。

有如一幅活着的《清明上河图》。

这夜晚时分，高原月色，全被商业街的灯火所遮蔽。所谓客栈，所谓小桥，所谓流水，所谓人家，所谓照壁，所谓酒吧……全成瞎话。

无数只脚踩在青石砖上，就只见脚而不见砖。

遍地的叫卖吆喝声中,四方街上的纳西古乐,就成了老道念经一样的聒噪之声。

太多的游人,破坏了这里本应该有的安详和静谧。只闻人语而不见水声。茶马古道的幽情全然不见了。

梁丽茹和董强也就随了大流,买了在牛皮纸上手绘的丽江古城地图,按图索骥,寻找那些著名的景点。去四方街上的大石桥小吃店,去吃有名的丽江粑粑、鸡豆凉粉,粑粑非常油腻,鸡豆凉粉倒是爽滑可口。接着又到雕刻店里买刻着东巴文字和图腾的木盘。一对扎小辫的画家兄弟,年纪都不大,白白净净,一看就是汉人,也不搭理人,你买就买,不买他也不会主动上前打招呼,很有一点艺术家牛皮哄哄的劲儿。选过物品之后,他们还到临水的酒吧街选择一个露天的座位坐下,本想悠悠然地喝上一杯,好好打量下四周围的风景,然而还是被来来往往的行人和闹市里的嘈杂声惊扰了。

这条酒吧街上密集的全是些穿着像艺术家、流浪者、小资的人,还有些貌似风雅的人。到处都是北京口音。偶尔看到一个穿靛蓝色土布衣服的纳西老妈妈,长相看起来也是汉人,说话也是汉语。并没有鲜明的异族风情,没有对风俗的过分讶异,不像在新疆,一看到所有的人和物,都明丽夺目,给人极大的视觉刺激。

新鲜的是,这里是高原,有了海拔,茶马古道,不容易到达,也就比江南水乡多了些传说和情趣。江南的周庄和同里,也已经人满为患了。而丽江古城,1997 年重建,辟为旅游景点,丽江新修了机场,拓了马路,引得全世界的人蜂拥而至。感觉此刻就像有几万人隐藏在城里边。如此下去,没有几天,三条潺潺小河水就会被吸干，青石板上的凸纹也会被无数双脚给踏平。

梁丽茹记得自己在哪里看到报道说：一年多时间，一大批房地产开发和商业旅游项目突然涌入丽江，仅仅2003年上半年，项目协议总投资高达146.9亿元。现在，古城周围、雪山脚下、水库旁边的大片土地上，投资总额达35亿元的十余个房地产开发和商业旅游项目正在立项或动工兴建。这种大规模建设的结果将会是怎样？

董强说：古人建起的居民小区，却被修成一个“困”字，虽说易守难攻，但是，如此的木结构房屋，如此的居住密度，一旦着火，就跑不出去啊。

梁丽茹喝止他说：年轻人，说点吉利话，少说几句能把你当哑巴？

董强说：梁老师，你不觉得我说的句句是实话吗？

梁丽茹说：是实话你也不能那么说。

董强说：好。我明白了。你这是说我是《皇帝的新装》里的那孩子。我改，我改还不行吗？

梁丽茹笑。

董强这个家伙，正经的没有，说怪话却一套一套的。

不管怎么说，眼前所呈现的一派祥和的景象，丝毫不见“非典”的恐惧和影响。对他们来说，已经够得上是世外桃源。

其实，她误会了，他们也都误会了，以为丽江就是他们眼睛所看到的这一方小小的纳西古城，其实不然。导游手册上所说的“丽江”，还包括观看长江第一湾、虎跳峡、玉龙雪山、云杉坪等景色，这样才算得上是一次完整的丽江游。

而梁丽茹女友和妹妹所描述的杀猪、洗街、喝茶、听曲的感受，纯属人文情趣。

因为她来之前的期待值太高，刻意去寻找她们描述的情趣，一旦被街上过于泛滥的游人给扫兴，心里就难免怏怏的。晚上回来，梁丽茹还打电话跟女友和妹妹发牢骚：这是什么丽江啊！你们所说的景色都在哪儿？女友说：你要黎明即起，一个人悄悄潜入古城，才能看到纳西妇女清早劳动的生动景象。而妹妹则说：你要在夜里寂静之时，一个人出去寻觅，找一间安静茶楼坐着，一杯香茗在握，细心谛听东巴神的乐曲。

梁丽茹说：哦，这里观景，还要早起晚睡。你们不早说。

原来她们描述的，竟全是一个“静”字。她明白了自己之所以迟迟找不到丽江古城感觉的要义，就是一个“闹”和“静”的区别。

她想着第二天要早起，一定要早起，独自再去古城里打探一番。

无奈，春宵苦短，佳人陪伴，难免恋床。一睁眼，就已经快到集体上车出发时间。年轻的董强夜夜贪欢，她的身体险些要跟不上了。遥想自己当年，跟顾跃进好的时候，不也是爱意缱绻，不懂得节制，没完没了、没了没完吗？哪里有什么累？一觉醒来，体力如初，整个一个青春艳阳。唉！不承认时光弄人的力量是不行的。

车子一出令她憋屈的丽江县城，去往玉龙雪山挺进的方向，感觉立刻不一样了。哦，伟大的高原，又见到你了！

你十万大山，你气象万千！

你天高地广，草长人稀。山垂平野阔，月涌大江流。

你金沙江水拍岸，长江第一湾雄奇。

你苹果花翠绿，油菜花金黄。云杉坪上，绿油油的草甸，千年古树云杉，在阳光里跳着欢快的舞蹈。而雪山女神，此刻宛如一个头戴银环的处子，冰清玉洁，巍然耸立在他们眼前！

这才是高原啊！

这才是她要寻觅和顶礼膜拜的高原！

如果盈眶的泪水表示爱戴，

是谁提升了我胸中的气象和海拔？

梁丽茹心中的阴霾之气一扫而光。

她想她这个北方女人，注定了喜欢大山大水，注定了跟它们气脉相通。

听得见虎跳峡里的隆隆响声，像是报道又有几只老虎消遁。

呵呵，哪里有什么老虎呢？

那是水声，咆哮的大水，汇集一处，从狭窄的谷口高处奔突，忽地纵身一跃，直摔下来，撞击成千上万股急流。

他们战战兢兢，顺着台阶走到虎跳峡峡底，听着虎跳峡水流的怒吼，瞻仰着这水光飞溅的壮丽。

这要是老虎跳下来，还不得摔个粉身碎骨啊？梁丽茹由衷地感叹道。

董强一听,乐了:哎哎,我说亲爱的梁老师,老虎可不是从上往下跳,而是从左岸往右岸跳啊。

梁丽茹一听,缓过神来,扑哧乐了,像做梦才清醒过来一般,一边掩口而笑,一边还在自己心里嘀咕,我这什么智商啊!怎么这样了啊!难怪人说,恋爱中的女人智商低、缺心眼,看来果真如此。一天到晚总是迷迷糊糊,头脑不清醒。

董强说:你这么一说,我倒想起来了,前几年有几支长江漂流队,想要搞长江第一漂,从虎跳峡上往下跳。他们把自己裹在严严实实的橡胶皮艇里,然后连人带艇,顺水流纵身往下跳……到了下游,有人接住。打开一看,你猜怎么着?全是死尸。人都给撞碎了。

梁丽茹听得一个寒噤。是的,从上面摔下来,会左碰右撞,这周围的岩石,全长着尖利的"牙齿",犬牙交错,人的肉身怎能不被咬碎?

回来的路上,他们看着身旁刀削斧劈般的峡谷,对大自然充满了敬畏。

这一趟回来,梁丽茹觉得神清气爽,被高原上的阳光和清风洗沐了一般。

她的旅游情绪高涨起来。董强也因为她的兴奋而兴奋。只不过他是瞎兴奋。一个北京大院里的孩子,常常以说怪话,频频达到语出惊人的效果为己任,他哪里管什么自然非自然景物的区别?

令董强更兴奋的是,明天能看到泸沽湖的走婚。

同车的男人们也都在兴奋。他们只听过“女儿国”“母系氏族”“走婚”的传说，具体情形怎样，不明就里，但已经是情绪高涨，摩拳擦掌，跃跃欲试。这个世道，似乎全球的节目都是为这些男人兔崽子准备的娱乐项目，从后现代到伪民俗，千姿百态，无一幸免。

小导游一路上都在介绍泸沽湖摩梭人母系社会的民俗特点，诸如“阿注”“阿夏”的走婚方式，所佩带的小刀和毡帽这两样必备的行头，等等。听了讲解，到这会儿他们才闹明白，“阿注”“阿黑”“阿金”三种不同的叫哥方法，原来是分属三个不同民族：摩梭人叫“阿注哥”，白族是“阿黑哥”，彝族是“阿金哥”。他们回想起第一天到达昆明时，被茶楼小姐胡乱叫了许多声哥，想不起来是阿什么了，反正其结果就是把口袋里的钱乖乖甩给了她们。这回到了泸沽湖，他们说，一定得找一个阿夏MM好好走婚一把。

汽车在盘山公路上行驶。连绵的山岭，道路崎岖险峻。金沙江在身边咆哮，深山密林，峡谷一眼望不到底。在一些盘山公路段上，大概是为了增加摩擦系数，防止车轮在地面打滑的缘故，路面故意用碎石铺就，形同搓板，颠簸得人小肚子下沉，直有要撒尿的感觉。到了大段路况好的直行区域，路面就铺上了柏油。正习惯着颠簸的节奏，突然行驶顺滑，感觉一下子屁股没底了似的，有点空落落。过了一段，又开始盘山，又是碎石颠簸。

走到金沙江的吊索桥，桥头护桥警卫把他们拦住，说由于桥面承重不够，人在桥头要全部下得车来，先让车子空驶过去，然后人才可以步行过桥，接着再上车赶路。一行人也就下得车来，稀稀松松，排队等待。桥头的筑路工人放下手里的铁锹铁铲，用风沙摧残过的眼光，漠然地注视着他们。他们战战兢兢地从摇摆不定的铁索桥上走过，桥另一头的农民则摆着小摊，向来往过桥的游客兜售可怜巴巴的小香蕉，还有小得像乒乓球似的干巴苹果。两个放羊的孩子一边吃手，一边皱着眉头瞅着他们。他们觉得人和香蕉都很可怜，就买了一些互相分着吃了。

越往上走，山岭越光秃，山体岩石裸露出赤贫的红色，植被到此也告一段落，显出了蛮荒和贫瘠的迹象。旅行团成员的手机里，不断传来北京方面的消息。北京超市里发生了抢购，大米卖光，盐卖光，醋卖光。口罩脱销。板蓝根脱销。他们听了，一会儿紧张，一会儿当笑话讲。

团员们信息共享，每收一条新的信息，就念给大家伙听：

北京城今晚飞机空中洒药，要各家各户关好门窗。

通往小汤山医院的路上，120 急救车每隔 5 分钟一辆。

小区里面开始打狗。高速路上到处都是被遗弃的宠物。

……

谁家的亲戚来电话说，让在云南买点药材，金莲花、板蓝根之类，治疗、预防呼吸道疾病的。云南盛产药材，北京那边已经没的卖了，河北的药材批发商一夜致富。

在旅途中间，车子停在旅游定点商店门前放游客休息时，大家果然就都进去跟着买了金莲花、板蓝根，还有胖大海之类的。云南这些卖土特产的商店，一是卖药材，一是卖玉器。

梁丽茹看中了一个红豆杉杯。是用红豆杉原木削成的，样子好看，要 350 块钱一个。

红豆杉是国家明令禁止砍伐的树种,生长在高寒地带,它的树木有药理作用。用原木做成杯子,泡上水,让药理成分浸入水分子中去,每天早晚喝一杯,可以治疗糖尿病、高血压等。经过药材商人们的偷盗砍伐后,这种树已经所剩不多了,因而国家下令保护了起来。没想到在这里能遇上。梁丽茹想买一个回去,送给父母,一时又不知是真是假,就让小导游来帮助辨认挑选。导游很认真地帮她挑选,又帮她跟摊主讲价。最后300元成交。

这回这个地陪小导游很实在,一再嘱咐他们:每逢在定点旅游店门前停车休息的时候,你们不一定非买东西,可以随便看看,上上洗手间。但是,这是我们要求的程序,中间必须停在那里让大家休息。

众人表示理解,对这个混血小导游的印象奇好。

他们不怕花钱,怕的是被蒙骗。

简单休息过后,车上多了一个女孩子,是顺路搭车的,跟他们的小导游认识,说她叫卓玛,也在旅行社工作,家就在泸沽湖附近。

男人们开始兴奋,他们使劲打量卓玛。姑娘长得很好看,不到20岁的样子,穿着鲜艳的藏族服装,高高大大,体格健壮,大眼睛,红脸膛,还化了很重的妆,就更显得眉眼开阔。卓玛很爱笑,一笑就露出两排洁白的牙齿,很招人喜欢。

他们说:姑娘,你怎么叫卓玛呀?摩梭人好像不叫这个名字吧?

卓玛大大方方地答:这是我的藏族名啊,这里是迪庆藏族自治州，工作的时候我就叫这个名字，比较简单方便。

他们又问她有摩梭名字吗。卓玛回答了一下，有六七个音节之多，他们学说了一下，没记住。

他们又问：卓玛你有阿注了吗？念过书没有啊？家里几口人啊？

饶舌得很。

无论问什么，卓玛都不生气，总是笑；太过分的问题，她就笑而不答。显然她是见过些世面的姑娘，对这种游客见得也多了，不很介意。大家更喜欢她了。

他们还向她问具体的走婚过程。卓玛回答说：解释得通俗实际一点，其实我们的走婚也是严格的一夫一妻制度，只不过男人晚上摸黑才回家来睡觉，白天就离家干活去。家里的活都留给女人干，也是女人当家。

一车的男人们听到这么说，表情有点失落。这群无耻的男人，原先以为到了“女儿国”，走婚就是可以乱搞。

卓玛还说：你们要小心，晚上的篝火晚会，拉你们去走婚的，都是妓女，不是我们摩梭人。我们不干那种事。

他们又是一惊。

性魅惑没有了，男人打蔫。车厢里顿时没声了。

那个地陪小导游一看，气氛有点太沉闷，就发动卓玛给大家唱首歌。一听唱歌，车里人又起了精神头。卓玛笑着问大家想听什么。谁说了句唱李娜那首《青藏高原》吧。

卓玛也不推辞，落落大方地从后排座站起身，走到过道中间来，似乎脚跟还没站稳，歌就突然从嗓子里蹿出来了：

是谁带来远古的呼唤……

一嗓子冲天，高亢嘹亮，像山谷里的一只母兽在仰天长嚎，简直要把大巴车棚顶给掀翻。

车里的人一下子都愣了！半晌才回过味儿来，哇哇哇叫着鼓掌，连声叫着：好！好！太好了！什么才旦卓玛，什么李娜，这里简直就是遍地才旦卓玛，遍地都是李娜啊！

听着这高亢嘹亮的歌，他们对民间姑娘的敬仰蒸蒸日上，他们对专业歌唱家的佩服渐渐减低。

等到卓玛从《青藏高原》最后一个顶级高音上下来后，众人又一次哗哗鼓掌，佩服得五体投地。他们问卓玛：卓玛你是不是学过唱歌？听你唱歌已经很专业，有些地方的技巧处理已经有了鼻腔滑音。

卓玛笑笑说她在州歌舞团待过。众人说：怪不得呢！以后你应该向歌唱家的方向发展，参加中央电视台的歌手大奖赛。这样吧，到了北京，你就找我们吧。卓玛笑说：谢谢大哥。她也知道他们说的都是屁话。北京人说话都这么能侃，全是一个风格。

众人说没听够，让她再来一个。小导游就自告奋勇，要跟卓玛男女声合唱一个摩梭人走婚情歌，叫《花楼恋歌》。摩梭人走婚天亮前，男子必须离开女方家，女子就要唱一首情意绵绵的歌曲，以示不舍和挽留。

卓玛先唱：

阿哥哟，阿哥哟
月亮才到西山头
你何须慌慌地走
火塘是这样的温暖
我是这样的温柔
人世茫茫难相爱
相爱就该到永久
玛达米
玛达米

小导游接着唱：

阿妹哟，阿妹哟
你是蜜月当空照，
我是星星紧相随……
玛达米
玛达米

歌曲情深意切，婉转动人。车里怀有走婚思想的人张罗要跟着学，小导游和卓玛就一路教大家唱歌：玛达米，玛达米。他们记不住什么意思，就暗暗记住是“卖大米，卖大米”。

车子翻过最后一道山岭，眼前又出现大片的树林。绿色一点点润眼，每个人的腰子底下也不再那么乱颠。车子往半山腰上爬，导游招呼大家：泸沽湖马上就要到了！他们瞪大了眼睛，向山底打望，翘盼实现预先的期待。果然，稍一转弯，透过树林的间隙，那片传说中的湖泊蓦地进入视野，在午后的骄阳下，湖水碧绿、湛蓝，像翡翠。

一行人争争抢抢地下车，驻足，拍照，惊艳。有谁说：假如阿夏MM也这么漂亮就好了！众人就说：赶紧上车，走吧走吧。去晚就看不见了。

沿着一条扬起灰尘暴土的小路，他们这就靠近了泸沽湖。岸边等待着划船摇桨的，是一群摩梭女子，年龄不大，二十岁左右，高大结实，脸膛黑红，像藏族人。这就是期待中的阿夏MM了。那些男人们蔫蔫的，按着旅游程序，先坐猪槽船游览湖中的里务比小岛。离近了看泸沽湖，几乎失去了颜色，平淡无奇。摇桨的女子力气大得很，还不断跟这些北京来客斗嘴。对于那些胆敢调戏她们的，阿夏MM就一句一句地顶回去，直把对方给噎得只剩下一口气。有好奇的男士要上去换换美眉摇桨，没摇几下，累得呼哧呼哧的。他们不由得对摩梭女人的能干大加赞赏。

从湖中上岸，伴着一阵阵陈旧的马粪味，游客们进入著名的落水村。凡来泸沽湖的人没人不知道落水村，这里住着摩梭人的72户人家，他们几乎就是摩梭古老文化风俗的活化石。在木摞房里落座，吃起猪膘肉，喝起苏哩玛酒，渐渐地，大家对这里的风土人情有感觉了。

接着等待的就是夜晚的狂欢表演，男女青年手拉手围成圈跳锅庄舞。篝火噼噼啪啪燃烧正旺，一袭白衣的年轻人站在场地中央，横笛在唇边，长笛吹来的曲调悦耳悠扬，直穿透夜空，飘向远天。小伙子的牛皮靴踢踏作响，跳起欢快的舞步；姑娘的百褶长裙摇曳展开，像孔雀的翎子。他们时不时从嗓子里发出“呜哦”的欢呼声，大胆的姑娘会把身边的客人拽起来，邀请他们加入欢快跳舞的行列。

梁丽茹和董强没有加入跳舞的行列，都很矜持地在一边看着，不断被这欢乐的气氛所感染。这时梁丽茹的手机响了。她走到旁边安静处一接，原来是学校打来的电话。学校里通知她，“非典”形势严峻了，学校开始隔离。五一长假取消，教职员工一律不许离开北京。各教研室主任轮流值班上岗，学生各班级的班主任一律深入班级到位。给她打电话的系副主任跟她沟通完情况，嘱咐她在外要注意安全。

电话里听副主任把情况这么一说，她先感谢他的关心，说：系里的事情麻烦你跟办公室同志们费心，如有需要的话，我也可以提前结束休假返回。副主任忙说：那倒不必了，好不容易回去探望一次父母，况且女儿还在那儿，就多待几天，把假休完。这里的事情我们都安排好了。末了，副主任还用开玩笑的口吻说：梁老师，现在人们都在忙着往外走，哪里有往回来的啊?！你就踏踏实实待着吧。有情况咱们随时联络。

合上电话，梁丽茹心里沉甸甸的，是一种说不出的感觉。

平常在学校里她跟系里几个头头——书记副书记、主任副主任——是轮值，一旦谁这学年有外出访学任务或出差、开会频繁，就轮换其他人全权处理日常工作。重要的事情彼此在电话里沟通。这学期因为有女儿考学的事，梁丽茹就跟其他领导商量，自己轮休半年，不值班，也不排课，等下半年她家里没事了再回系里料理工作。系里其他领导也表示理解。她这次出来请的是四年一次的探望父母的假，假期休完，正好连上五一，出来前她跟办公室交代过，自己大概要等到五一节长假以后才能返京，带女儿一起回来参加高考。没想到情况变成了这个样子。

董强这时也接到系里同样的电话。他没说自己在云南，而是说自己目前也不在北京，是在海南帮朋友一件事情。董强这学期也是轮空，没课。他从来都出入自由，不打招呼。通常没事学校也没人找他。听了学校里这个情况后，他说：那好吧，我一回去就会跟系里报到，我保证不把“非典”带回北京。

篝火晚会结束，回宾馆路上，众人还想看看那个著名的大郎酒吧，就是跟一位广东现代女士结婚的那个小伙儿开的，电视里还报道过。还有人问杨二车娜姆的家在哪里，她太著名了，是她把女儿国的传说带到了世界上。导游说：今天太晚了，其他的事情明天再说吧，大家还是先回去休息。

夜宿泸沽湖。阴天，没有月亮。梁丽茹和董强的心情都被电话搅得有点阴郁。两人分床而居，头一次没有亲热就睡了。喧闹了一天的泸沽湖的夜很深，很静。只有一群群蚊子，不停地在天花板上交头接耳。

5

忍一天两天能忍，三天五天能忍，十天八天就忍不下去了。

客气一天两天能客气，三天五天能客气，十天八天也就客气不成。

于盈盈和顾跃进现在大体上就是这么一种状态。

度过了最初被隔离时的慌乱和无序，他们的情绪现在逐步安定下来。日常生活以一副“非常”的面目横陈在他们面前，他们彼此也把最“日常”的面孔在对方面前呈现。

她不知道该怎样应对。他也不知道该怎样应对。

他们就互相摸索着，极其无奈地向前，甚至有点举步维艰。

把一对从未在一起生活过的男女，一下子给强按在同一屋檐下，吃饭睡觉之态对视，放屁打嗝之声相闻，哪能一下子就适应呢？

何况还有呼噜声。

于盈盈现在濒临崩溃的边缘，连续三四天没睡好觉，顾跃进那惊天雷似的呼噜声简直让她痛不欲生。

这不是自找的吗？她在心里嘟囔着，一想，也不是，那天实在是他顾跃进自己主动找上门来的。情形像是喝多了酒，没处方便似的。从他一进门她一眼就看出来了，可是她还不能说，还得曲意逢迎，把排泄进行到底。

一肚子的怨尤,不敢说,没地方发泄。

要想两个人在一起生活,光是有巨大的克制忍耐还不够,还得有爱,有同情。

于盈盈有吗? 她没有啊!

原来她有的,只是一点点小女人的心计。投怀送抱,用人帮忙,抱佛脚而已。顾跃进有吗? 当然更没有,他也只是逢场作戏,发泄发泄欲望。

现在怎么办?

现在所有的心计都没用了,所有的发泄也都上不来激情了。于盈盈还是得绞尽脑汁,想着怎么打发时间。

这要是没有顾跃进,别说十四天,就是隔离四十天不让出去,她也照样快快乐乐,读书看碟、上网聊天、打电话、玩游戏,想干什么就干什么。

但是现在不行。怎么说,她也是这个房子的主人,还得尽地主之谊,好好照顾他,给他弄一日三餐,给他找玩的乐的。尽管二柱子给他们搬来成箱成桶的成品半成品食物,但也还得她给想法加工、搭配一下,然后才能往桌子上端啊。

望着屋子里那些堆不下放不开的食物,她还想,这要是她自己,买东西可不会这样买。整个一个老农民采购法,恨不能把超市全搬回来。

她发现顾跃进在当家理财方面没有概念,对这些小的金钱支出没有概念。可也是,日常生活花销才能占他总资产的几个百分比呢? 一个都占不上。一个资产好几亿的老总,买个吃穿用的东西简直小菜一碟。这一点看着让她眼热,也暗自叹服。

她平常过日子一向是精打细算的,过得很节俭,一心想着攒钱准备买房子、买车。她知道要想在北京过好日子,出人头地,远在小县城的父母帮不上什么忙,全靠她自己。假如没有什么男人大款可依赖的话,她就只得像小鸟垒窝一样,一点一滴地攒,一根羽毛一块泥巴地衔。就她目前的财务状况来说,银行里的钱只够买一个一居室的公寓,而且还得是分期付款那种。她已经看好望京地区的一套叫作“单身贵族”的小户型,80 多平方米,一室一厅,要 40 多万。交完三分之一房款的首付和装修费,她手里就没有什么钱了。她还预备着要买车,一辆二手的也行,但是牌子要靓,那种几万块钱的奥拓和 QQ 根本想都别想,那种车怎么能开进电视台?那里是人们眼球关注的中心,人活得怎么样、名气到了什么份上,全从穿衣戴帽、骑马配鞍上体现出来。男人们开什么车就不说了,而女人,开本田、奥迪的到处都是,开车的人也都很年轻,不知她们钱从哪里来的。

挣钱方面,于盈盈还没有上道儿,别人也不会告诉她途径在哪里。反正这里边肯定有学问,基本是“猫有猫道,狗有狗道”,谁也不会轻易泄露给别人。所以她还得努力,不能总像刚毕业的大学生一样,整天起早贪黑“吧嗒、吧嗒”颠着小碎步一路狂跑着赶公交车去上班。她最次怎么也得弄个二手丰田开开,才算有个电视台资深人员的样子。

无论从哪个角度说,顾跃进都是眼下她最应该下功夫的人选。就看他财大气粗的架势,也应努力争取。要忍,要克制。这是个多好的机会！

理智上这么想着，可晚上一睡不好觉，一听那呼噜声，于盈盈又悲痛欲绝，又起了怨愤厌烦之心。

顾跃进的克制力和忍耐力也急遽下降。他在回顾事情的起因时，偶一闪念，会嫁祸在于盈盈身上。如果不是她那夜晚那么能黏糊，他怎么能留下不走，在这里睡着？又怎么能突然间被隔离，十天半拉月地关着出不去？瞧住的这破地方，都聚着些什么人哪？怎么就冒出来一个染上“非典”的？

看来以后可真得加倍小心，不能再走到哪儿睡到哪儿了。顾跃进这人还有个毛病，就是喜欢缘来便聚，更愿意随机行事，把那份不灭的爱走到哪儿做到哪儿。一般情况下他不把女人往自己家里领，而喜欢在不同的住处、不同的床上、不同的氛围里，撩起不一样的新鲜感和欲望。万一把人领回自己家里，女人要赖犯懒，干完活后还不及时走人，该怎么办？那他就得费劲巴拉地撵上半天，吱扭半天，耗费他的精力。在别人家里，完事以后他可以起身就走人，可以掌握主动。

再者说了，在自己家里，打扫卫生也特麻烦，那些避孕套卫生纸什么的腌臜物，过后他还得亲自拾掇一番，免得让前来打扫卫生的小时工看见。

生活质量提高了以后，偷情做爱却成了一个需要多方面考虑的问题，从物质到精神，系统工程十分复杂。你说这生活质量到底是提高了还是降低了呢？顾跃进心里头纳闷。以前他住着两居室的小房子，说领谁来就领谁来，说做就做，说睡着就睡着，自己打扫卫生，也不用雇用钟点工什么的，没这么多麻烦要考虑。现在可倒好，一个人住着上下两层的复式豪宅，想做点事情反倒不方便了。

又一想，说来说去，最关键的问题，还是因为自己不能跟女人一起睡觉，不想让她们听见自己的呼噜声，总合计着做完立刻就离开，所以才会导致今天这样一个结果和局面。

行了行了，现在已经落到于盈盈手里了，该听的呼噜声也听见了，该看到的邋遢面目也已经看见了。是杀是剐，听天由命，也就随遇而安吧。

看见于盈盈整天到晚哈欠连天的困倦样子，他也知道她晚上肯定是没睡好。但他不说破，心里也没有歉疚，反而生出对于盈盈的几丝警惕和反感：这又是一个知道了自己缺陷的女人。

对于掌握住了自己缺陷的人，人们总是要本能地警惕和反感。

于盈盈纵有心计，也把握不了年长她二十岁的男人的心理变化。况且，这又是一个成功男人，对于他人对自己的评价更在乎，感受更细腻、更自尊，也更自恋。从这方面来说，她是稚嫩的，甚至是简单的。

对一个成功人士来说，若是真讲到谈婚论嫁，他们还是谨慎的、挑剔的，除了年轻貌美以外，还得讲阶级，讲出身，讲家庭背景，讲所从事的职业那一套。人娶来了，得拿得出手，宣扬得出去，得给男人的公众形象和人格魅力加分。

潜意识里，顾跃进也一直在寻摸着这样的人选。如果真有合适的，他也许早就把过去那一纸婚约了断完事。可惜很难。能遇到的多半都是像眼前的于盈盈这种小户型，虽然也算是一间房屋，也可以住得进去，但就是狭小憋闷了些，对外说起来不硬气，不豁亮，不能嘎嘣嘎嘣牛气冲天、盖世无双顶天立地。偶尔碰到一两个符合他心目中的条件，并且出身好、学历高、在北京东区写字楼供职的漂亮女孩子，交往一段时间后，他却发现这种女孩娶不得，个个比他还自恋，还能干，一站在聚光灯下总跟他抢镜头，外语说得贼溜，那小嘴叭叭的，根本不谦让着他先发挥口才。这怎么能行呢？真要娶回来还不成了养虎为患？以后她们哪里会成为贤内助？哪里会对丈夫有牺牲奉献精神？还不得他为她奉献牺牲喽？让人害怕。他制服不了。

一想，可也是。这是一个女人当道的时代，凡有本事的，谁不想自己当主角玩玩？躲到后台去，有什么意思啊？

算了吧，先就这么过着。到什么山上再唱什么歌。过一天算一天。目前最紧要的，是怎样打发剩下的日子。

于盈盈自顾自地忙着上网游戏、发手机短信。她无论做什么，手里总握着手机，一刻也舍不得放下，吃饭、上厕所、看电视、进厨房，左手总是呈半环形握着，里面是亲爱的爱立信 7520，那里面传来的短信一会儿嘀嘀嘀嘀，一会儿嘀嘀嘀嘀，响得顾跃进这个心烦。

顾跃进说：你那左手成天这么握着，早晚不得残废啊？

于盈盈根本不理会他的讽刺，只顾低下头去频频翻看，然后就咴咴地笑，大拇指飞快，按键回信，随时转发。接到好玩的，就缠着念给顾跃进听：

哎老公耶，这儿有一个好玩的段子，我念给你听啊：

SARS病毒何时了，患者知多少？小楼昨夜又被封，故园不堪回首月明中。牡丹海棠应犹在，只是不想摘。问君能有几多愁？最怕“非典”疑似被带走。

哎哎，老公你别走别走，这里还有一个好玩的，你听：

蚂蚁和大象睡了一晚上，第二天大象患“非典”死了。蚂蚁开始挖坑埋大象，它一边挖坑一边发牢骚：和你风流一晚上，老子得挖一辈子坑！

顾跃进听完，用鼻子哼了一声，说：净扯淡，一点歪才全用这上头了。说完，他又扭过头去看电视。

于盈盈继续乐此不疲地转发、原创手机短信。

顾跃进则不上网，也不发短信，他不玩那玩意儿。他现在除了打电话、喝闷酒，就是看电视，喝空的啤酒瓶子在屋角排成一排又一排，电视频道被扭得一闪一闪喘不过气来。他对“非典”新闻没兴趣，主要在看美军和伊拉克那场硝烟未尽的战争。美军的扑克牌通缉令，萨达姆到底跑哪去了？美军为何一直未遭大规模抵抗？伊拉克国防军和几个师的总统护卫队兵力在哪里？他更关心这些。

这些日子以来，他一有空就天天琢磨战争。央视头一次在一频道和四频道两个台进行战争直播，吸引了几乎全中国男人的眼球。美军究竟投入了哪些地面部队？美航母战斗群如何实施海上保障？尤其是世界上最新式武器的亮相：B－2隐形轰炸机、B52战略轰炸机、战斧式巡航导弹、F－14A“雄猫”战斗机……一个个狰狞的面孔，成了男人们最感兴趣的话题，他们在酒席上最常说的也是每天的战事。顾跃进在家里的墙上挂上了阿拉伯半岛的地图，又手绘一幅比例尺不太标准的作战地图，根据新闻里播报的每天战事进行的幅度和讲解员的讲解，在地图上面标线，从提特里克到巴格达，不断寻找伊拉克小股部队行动方向，以及美英联军进攻包抄的方向。

不仅如此，他还由衷地佩服上了电视里那几个前来做客讲解的军事专家。宋晓军、金一南，还有那个叫阮宗泽的看起来年龄非常小的孩子都很不错，有见识，有眼光，说话稳稳当当，像个专家的样子。另外一个专家叫什么来着？语气有点疲沓，兴许是做油了，一副耍大牌的样子，经常打断主持人的话，还乱插话乱抢话，说话叽叽歪歪的，显得没涵养。上一次海湾战争包括美国“9·11”，都请他来讲过，还不错，严肃认真，头头是道，说得在理，那时他很佩服这人，心说不愧是军事专家！可是人都怕出名，一出了名就自傲，再请来上电视时他就缺乏必要的紧张和克制，状态显得松松垮垮。顾跃进不由得就联想到自己，心说自己以后再出镜，镜头前一定要振奋，要绷紧，要有权威姿态，说话要简洁利落，不要带“嗯嗯啊啊”的啰唆语助词。

现在，战争人们已经不说了。现在占据媒体主要位置的，是

"非典",摸不着看不见的"非典"。就像他现在,摸不着看不见地被隔离起来。

于盈盈看他把电视频道扭得太厉害,知他百无聊赖,心烦,就想办法给他解闷解颐。她上前搂着他的脖子拽他的手说:老公耶,你别总扭那个频道了,伤了眼睛。你看点别的吧。

顾跃进被她打断,扭过脸来说:我看啥?你这都有点啥?

他就把目光从电视上移下来,四处找东西看。想着到她书架上翻翻书,没有适合他读的书。于盈盈的书架上除了她在大学时的教材,就是流行读物:《向左走向右走》《哈利·波特》《富爸爸,穷爸爸》《上海宝贝》《小王子》《谁动了我的奶酪》《我动了谁的奶酪》《谁的奶酪动了我》《谁和我一起动奶酪》。

你一天就看这个?顾跃进问。

那你说你想看啥?

我想看 MBA 方面的书,你有吗?

这有何难?于盈盈说,我有互联网上超人气数字图书馆的阅读下载卡,想读什么书就有什么书。

于盈盈说着,打开电脑,给顾跃进演示起来。她输入密码,进入图书馆,见到 MBA 条目下的那些书名,一个一个点开。顾跃进说:哦,这么多书,什么都有啊?

于盈盈得意了:原来著名的顾总的知识面也有盲点哪!网上现在什么没有?要啥有啥,谁还去买书读?

一句话,像是把顾总得罪了,他说了句:没啥可看的,不像个书样。就坐一边去了。

于盈盈忙上来打溜须说:哎哎哎,老公耶,算我说错。这书,是不像个书样,就是一大群代码的堆积嘛!坐在电脑前读,怪累的,费眼睛。要不,咱们来玩游戏吧?

玩啥?顾跃进用鼻子哼哼着。

会玩拖拉机吗?

不会。

锄大地?

不玩。

拱猪?

不。

围棋?

不玩。

象棋?

不玩。

那你到底玩什么?

顾跃进给问烦了,大吼一声:什么也不玩!我玩这些玩意儿的时候,还没你呢!

说完,又不理她。

于盈盈给吓着了,心说:我怎么了我?至于发这么大的火?

她知道他这是又起劲了,平白无故情绪不好。她本想不理他,又一想不行。弄僵了,接下来的几天可怎么过?他也不过是一个顺毛驴,凡事只要恭敬着他,夸他、顺着他的意思,就是好的。不能说他半个“不”字,否则就有可能翻脸。

于是她赶忙打起精神,换副笑脸,说:老公耶,不要太牛皮哦!不就是别克君威嘛! 3.0,大屁股,了不起! 连奔驰和宝马的屁股也不能比呀!

一句话,又把他逗笑,转移了他的注意力。她叫他别克君威大屁股,叫得他挺受用,把他叫得挺美的。一想,可不是嘛,所有车型当中,就属别克君威的屁股造型大,威风凛凛,龇牙咧嘴的,尤其3.0排量的,那可真叫个屁股! 仿佛离老远就能闻见它放屁的烟味。

我是别克君威,那你叫啥?

你说我该叫啥耶,老公?

那我叫你赛欧小屁屁吧。赛欧那个小屁屁翘翘的,像个小鸭子撅起来的屁股,风骚,一般都是女孩子开的,那款车还被戏称作小“赛妞”呢。

嗯……哼,老公你坏! 你叫人家小屁屁……

小屁屁怎么啦? 小屁屁跟大屁屁也都是同一个“通用”系列嘛。

顾跃进一时兴起,为自己这个绝妙的比喻得意。

老公你坏死啦!

于盈盈搂着顾跃进的脖子,撒着小娇,又舔又哄的,总算给顺过脾气来。

大别克老公啊,咱们玩游戏好不好? 告诉你,有个特好玩的游戏,最近特流行,叫作《帝国时代》,咱们玩呗。

顾跃进这会儿心情好点了,敷衍她说:听说过。我手下的一个小秘书上班时间偷偷玩,被我给逮住,剋了一顿。

太好了太好了,老公你也知道这个游戏,好好玩耶!等着,我去给你打开。

于盈盈将游戏启动,一边演示,一边讲解说:老公你看,这个游戏特深沉,特有文化。展示智慧,要经过漫长的过关斩将,才能走到人类社会的高级阶段。你看你看,这里把人类社会分为五个时代,也就是要过五关:一、黑暗时代。这时的人还很原始,用石器做活很费力。二、封建时代。敌人出现了,骚扰疆界的坏人通常是日本人。因为这个游戏是老美编的。他们除了痛恨拉登,就是痛恨日本人。三、城堡时代。注意,这就已经类似于资本主义时代,这时就开始修教堂了,否则进入不了帝国时代。四、帝王时代。这就不用说了,君临天下,盖世无双,就像老美现在的情况,牛皮哄哄,以为自己独霸全球……哎哎,老公你听没听我说呀?

顾跃进说:听着呢。

于盈盈接着说:这第五关,是后帝王时代;就是帝国主义的超级阶段啦,中学课本上不是这么叫过吗?高考还考过。书上说,到了这个阶段帝国主义就会自动腐朽和灭亡什么的,我都有点记不住了。在游戏里边这却是一特殊的时代,这时可以让你自己生产一个信仰。信仰比别的国家先生成了,就有可能取胜。信仰的生成过程特别慢,需要工兵、木头、金子、铁、粮食,需要许多人不停地修啊、修啊,修成一个建筑,这就是信仰的载体。信仰是一个国家强大的标志,别的国家不敢再来骚扰你……

顾跃进果然被吸引了，他按照于盈盈指点的方法，上去玩了几把。先前的几个时代，过关斩将、打仗圈地的时候都还可以，他基本上是运筹帷幄，志在必得。一到修教堂时，他就没有耐心了。所以，从资本主义时代那一关起，他就总是过不去，总也不能最后成为帝王。也就更不能成为“后帝王”。

谁说游戏不是生活的折射？

这是一个能征惯战、善于积累财富，却无法建立信仰的人。

于盈盈这样判断。

总也不能成帝王，顾跃进又没兴趣了。甩下游戏，躺在一边，于盈盈赶紧上去黏糊：老公啊，振作起来吧，也不能总躺着，躺时间长了腰疼。要不咱们唱歌玩好不好？

顾跃进说：不合适吧？国家有难，咱们还唱歌……

于盈盈说：国家说要众志成城，战胜“非典”，国家也没说让咱们整天耷拉着脸哭丧啊。

顾跃进说：你这都有什么歌？

于盈盈一听，这就算答应了，忙兴高采烈下地打开影碟机，连上卡拉 OK 话筒，又找出一大堆碟片，让顾跃进挑，看看会唱哪个。

顾跃进挑了《敖包相会》《红梅花儿开》《我爱五指山我爱万泉河》《一棵小白杨》。他唱歌时神情专注，嗓音倍亮，声音颤抖，美声和民族唱法结合，是过去那个时代他们那代人的唱法。于盈盈在任何一个场合听四十岁以上人唱卡拉 OK，唱的都是这么几首歌，还都是这么个发声姿势，像是一个老师教出来的。太老了。过时了。

这话她没敢说。她可不敢轻易得罪顾跃进。轮到她唱时，她说:老公耶,我给你唱一个孙燕姿的《天黑黑》吧。

我的小时候,吵闹任性的时候,
我的外婆,总会唱歌哄我。
夏天的午后,姥姥的歌安慰我,
那首歌好像这样唱的:

天黑黑,欲落雨,
天黑黑,黑黑,
离开小时候,有了自己的生活,
新鲜的歌,新鲜的念头,任性和冲动,
无法控制的时候,我忘记,还有这样的歌,天黑黑,黑黑,
我爱上让我奋不顾身的一个人,我以为,
这就是我所追求的世界。然而横冲直撞被误解被骗,
是否成人的世界背后,总有残缺。
我走在,每天必须面对的分岔路,
我怀念,过去单纯美好的小幸福,
爱总是让人哭,让人觉得不满足,
天空很大却看不清楚,好孤独。

天黑的时候,我又想起那首歌,
突然期待,下起安静的雨,

原来外婆的道理早就唱给我听:

下起雨,也要勇敢前进……
我相信,一切都会平息。
我现在,好想回家去。
天黑黑,欲落雨,
天黑黑, 黑黑。

于盈盈唱得满怀深情,万分沉醉,仿佛是回忆,又仿佛是倾诉衷肠,把自己感动得一塌糊涂,眼泪也要落下来的样子。然而顾跃进一听,却说:什么鸟语?叽叽歪歪,连喘气断句的工夫都没有,没个旋律。年轻人,真搞不懂。

末了,他又加一句:你这是商女不知亡国恨,隔江犹唱后庭花啊。

于盈盈有点生气,手拿话筒,阴阳怪气地说:哟,顾总好有文化耶!

顾跃进说:你知道"后庭花"是什么意思?

于盈盈说:我就知道你没什么好意思。

顾跃进说:没好意思是啥意思?

于盈盈说:没好意思就是有坏意思。

顾跃进说:坏意思是啥意思?

于盈盈说:坏意思就是不知道啥意思。

顾跃进说:那我就告诉你啥意思。你转过去……

说着又动手动脚。

于盈盈也没过分忤逆，推搡了下，没挣脱开，也就顺水推舟，逆来顺受，俩人最后还是扭成了一团……

他可真自恋啊！都到这时候了还忙着欣赏自己呢。他喜欢自己都喜欢到什么程度了！平常打电话，总听他跟对方称“我顾跃进”怎么怎么的，他叫着自己的名字，也如同叫着一个他喜爱的人的名字。听着有点不那么舒服。一般人叫自己名字，多半不习惯，肯定也感觉到别扭，因为名字就是用来给别人叫的。他却对自己的名字朗朗上口，饱含喜爱和深情。

大凡名人、成功人士，都是这样极度自恋和脆弱吗？

他的极度自恋和脆弱，可真是让于盈盈领教够了。于盈盈一开始总说错话，也不知哪句不对，哪句没对上他心思，他就显得不耐烦，立刻掉脸子。其实她也没说什么啊，都是些撒娇玩笑话，也不知哪句磕碰着了他的自尊，脆弱的自尊，他立刻就翻脸不理人。

还有他打电话的声音，每每都像是在吼，有着农民一样的粗门大嗓。可能是颐指气使惯了，也可能是生存环境不好，总在有噪音、嘈杂的地方工作，把听力搞坏了。也许是长期打手机音效不好造成的。

唉，真累啊。跟这样的人生活在一起，可真累啊！

于盈盈想，这就是所谓的婚姻生活吗？这就是跟一个大款生活的细节吧？跟一个老男人在一起，必须有足够的克制和忍耐力，容忍他的打呼噜，容忍他对饭菜挑剔，不爱吃这不爱吃那，容忍他的躁郁、情绪化，容忍他的过分自恋，容忍他对她的存在的忽视，容忍他唱“一棵小白杨长在哨所旁”，容忍他身上散发的莫名其妙的“老人味”。平常他身上老是用古龙香水盖着，还不显，现在待在屋里，穿戴打扮都呈现原生状态，从他一早醒来皮肤的松弛、口腔和头发里的酸气、没有腰身的一堆胖肉里，绵绵散发出一种老人味，一种男人迟暮的气息。那气味焦辛、酸腐，拂之不去，不绝如缕。

她想起初见他时，镜头前，酒桌上，他多么风流倜傥、伟岸英俊、神采飞扬！简直是妙语连珠，英雄霸王，一桌子的话全让他给包说了，绝对的商场精英、情场猛将，牢牢掌控着欲望制高点和话语中心权。他一说话、一做事或做出点什么手势，就迅疾如风，所向披靡，别人都休想插得上嘴，休想赶得上趟。就连他鬓角上的几根白发，也都随着他的睿智谈吐在酒声灯影里闪着亮，发着光，资质深厚，轻舞飞扬。

然而，生活中他却是这么平常，平常到颓败不堪，就像一下子被某种突变打垮了似的，垮得简直就瘫成了一堆肉，不忍目睹，提不起来。

也许，这也只是暂时的，也只是生活的一个侧面。等到他们的生活各自回到正常轨道，他那有风采的一面就会显现出来。他对她经济上的保障、事业上的支持、人前的荣耀，就会熠熠发光，生动闪亮。

可是，问题是，她还能等到那一天吗？

也许，那一天还没有等到，她就已经得被他的呼噜声搅出精神病来了。

于盈盈满腹怨尤，一肚子的气没处撒。转脸一看，顾跃进却已经闹够玩累睡着了，呼噜声又杀猪宰狼似的响起。

她立刻觉得胸口憋闷。痛。剧痛。说不上是头疼，还是心口窝痛。

无奈，起来，上网。进聊天室。网络系统自动为她命名，成为“过客8931”：欢迎过客8931进入聊天室。

过客8931打出一行字来，向各路“大虾”求教：

过客8931请教：如果你身边有一个睡觉狂打呼噜的人，严重影响到你的睡眠，让你简直快要精神失常，该怎样对付？

网友“爱做灯泡”：扁踹一顿。

过客8931：拿什么踹？

网友“爱做灯泡”：鞋底子。

这不行。没有丝毫可行性。

又问了几个散客，有说拿擀面杖揍的，有说往他鼻子里灌辣椒水的，有说给他鼻子嘴巴都勒上口罩的。总之，都是于盈盈曾经在脑海里盘算过、目前却实施不了的行为。

解决不了问题，她就在网上乱走，接着又拐进了语音聊天室。这里面一边打字还可以一边说话，插上一个“耳麦”就能解决问题，只花网费，不收长途电话钱。

刚毕业那两年，于盈盈闲得很，跟同学朋友泡完酒吧泡网吧，无谓地消耗着青春和体力。那时她经常在语聊室谈情说爱，说一些肉麻兮兮的话，情到深处，还会唱首歌给对方听，直到把自己聊累了睡着拉倒。她也不往心里去,谁也不认识谁,只为打发时间。她才不像那些没文化的小女子,屡屡跟网友约会被骗。她不骗他们就不错了。

“聆听你的音色,消磨彼此的感动。”说得好。这是语聊网的服务宗旨。

于盈盈鼠标一点,信手到喜聊、爱聊、好聊、无聊、电聊、另类语音聊天网各转一遍,四处爆满。“非典”泛滥无法出门的时刻,闲人们都聚集到了网上消磨时间。唉,一个聊天室干吗只定员15人,不能再多点?可也是,人多了,话筒不够用,就一个话筒,每人一次轮上说25秒,人一多抢着说话抢不过来。

倒霉兮兮的,又蹩进“爱聊不聊”网,见“今夜无人入睡”房间还有空位。点了下鼠标,进得门去。电脑自动命名欢呼:“过客10369进来啦!”

找个位置坐下,待着,先听听他们说话。网民“星爸客”和“骑着驴,吃着虾,喝着酒,摸着咂”在骂人,网名“我是风儿你是傻”在接嘴,听声音是女的。网民“左岸瘟化”也在抢话筒等待。骂的都没有什么实际内容,就是爆粗口,堆在一起往外发泄。

最一开始进语聊室听到有人在那儿骂人时,于盈盈吓了一跳,简直都大吃一惊!巨惊巨惊的!话骂得忒损,都是些民间的最低级下流的词语,不堪入耳。不光男的骂,还有女的骂。互相骂。单独骂。她虽听不清楚个数,但实在听不下去,转身出来。她心里还暗暗骂道:渣滓!网管应该清除这些人,把他们踢出去。

她以为一定是民工或盲流之类的无业游民在网上骂人。

后来听一个朋友告诉她，骂人的不一定是坏人，什么样的人都有。朋友就连续几天，在网吧见到一个西装革履的白面小伙，穿一身名牌，胳膊底下夹个公文包，一走路飘过的 BOSS 香水味，绝对是个北京东城写字楼的白领。每次来了谁也不理，找一个偏僻角落，坐下就骂。一直骂到早上五点多钟，夹包走了，第二天晚上又来，来了再骂。如此往复。于盈盈虽然还不太信，但也觉得有趣。

后来她又进去听听，发现骂人语句单调重复，就那么几句，没什么花样，但骂者乐此不疲，兴致勃勃。她就不明白什么原因，稍等一会儿，明白了，因为网络里是匿名，隐去真身，不像自己在家裸脸冲墙骂、对着门口大街骂，第一有失身份，恐被当成精神病扭送派出所；另外也单调，无共鸣者，不解气。

在语聊室里骂人，众人都能听到，有人听，还有人接茬，所以有趣，来劲。有时对着虚空骂，有时对着某个人骂，被骂者非但不会不高兴，还很乐意接茬，以免犯困，能把宣泄骂人进行到底。

但有个问题她闹不明白：为何骂人者都是东北口音？

后来发现，升级后的耳麦都有音频调控装置，能更好保护客户隐私，不但写字可以匿名，聊天也可以不露真嗓。想用什么口音就用什么口音。北京口音，河南、上海、广东、江苏、浙江等等口音都有。出奇一致的是，在调情的聊天室里北京的口音多，字正腔圆很有文化，而骂人者都把口音调成了东北话。乍一听全是东北二人转里的粗俗腔。

这就从另一方面证明了东北那疙瘩的方言表现力丰富，忒俚俗、忒民间，在骂人解恨方面最招人喜欢。

听着“爱聊不聊”屋里“星爸客”“骑着驴，吃着虾，喝着酒，摸着咂”“我是风儿你是傻”“左岸瘟化”他们骂得热火朝天，于盈盈忽地起了骂人之心，这几天的憋气、受罪、失眠、曲意逢迎让她撮火，顾跃进的脾气态度让她撮火，一系列的变故快要把她搞垮、搞疯了。她真想骂人，大骂一声：顾跃进，老男人！真是想骂，实在是想骂。不光想骂，还想动手打人。可惜没有对手。可惜她谁也不敢打。现在好了，在这里，她隐身匿名，对虚空骂几句，没人管得着吧？

她就试着调整自己耳麦的齿轮，将声音选成东北话，把心里合计好的词儿小声骂了一下，在试声时，她还是把“顾跃进”名字去掉，直接骂剩下的三个词儿。

嗯，好，完全不像她的声。是一个东北粗胖老娘们的声儿，有点像《刘老根》里的肥婆大辣椒、满桌子，或者是那个被药匣子拉着看手相的蠢胖女徒弟。

既然是匿名、匿声，还有什么不好意思的？人类一戴面具，就能无所顾忌。于是她就放开了，重新起了个“恨不能打死”的网名（呵呵，太没水平了吧！但是她总不能用“哈根达斯”这个名字！“哈根达斯”是她在谈情说爱时用的）。

开骂，抢话筒，每次25秒，反复骂这几句话：顾跃进，老男人！

骂着骂着，就有点儿骂开了。后来越骂越溜，会随机加上一句半句。

骂得专注，愉快，沉浸在语言的暴力所带来的快感里，对顾跃进的呼噜声充耳不闻。

她也不担心他会突然间醒来听见。就是他听见了也白听，又没有指名道姓骂谁。

一夜下来，骂得皮肤光滑，身心舒畅。所有的恶气全都给骂出去了。真是排毒养颜，解气通肠。

现在她相信那个白领小伙来网吧骂人是真事儿了。

每一个去骂人的，多是心有不平事，前去发泄的。没有谁是精神病，闲着没事花钱上网骂人。

等天亮顾跃进醒来时，她正好也骂得气顺，骂乏了，支撑不住了，这时便倒头睡去，晨昏颠倒，疯狂补觉。

哈哈，现在什么呼噜声电话声，都影响不到她啦！

往后的几天，于盈盈专门上网去骂人。这回她找到按区域划分的语聊室里骂。

骂够了，骂累了，再上情感网谈情说爱，调调情，给网上恋人唱个歌，滋养一下心肺。

……

在那一个个漫长抑郁的"非典"春夜，玉兰花飘香，消毒液也飘香。有一个姑娘，戴着假面，在电脑语聊室里，丧心病狂。

6

形势越来越严峻了。

按计划，梁丽茹他们一行从泸沽湖坐汽车回丽江，要在丽江停留一宿，第二天乘汽车返回大理，然后再从大理坐夜车赶回昆明，从昆明飞回北京。

就是说，怎么来的，再怎么返回。

本来是吃过早饭就从泸沽湖出发赶路。他们团的车爆胎，修好以后，直到下午才走成。气氛越来越不对。路上的车已经很少。怎么才一转眼的工夫，形势就变得这么严峻？

又是颠过搓板路，又是经过贫瘠山。来时过的那座金沙江的索道桥，也是一片戒严景象，桥口设立了检查站，有好几个人堵在那里，戴着大白口罩子，手拿喷雾器。他们拦住车子，让所有人下车，问这车上拉的哪儿的人，有没有人发烧。一听是北京人，检查人员立刻显得紧张，有人记录车牌号备案，有人拿起喷壶，往车里车外猛一阵消毒。

众人在没有散尽的消毒水味里爬上车，继续赶路。他们不得不一路把车窗开大，往外散散味。大家隐约感觉到了形势的险峻，也隐约感觉到了人们对北京人的歧视，但都没有说出口，只在心窝的部位揣着。

回到了丽江县城的入口，又是一个检查站，几个检查人员不仅戴口罩，还都穿着白大褂。问车里拉的是哪儿的人，说是北京人，他们立刻令全体人员下车，又是一通往车上猛劲消毒。团里有人想前去打问点什么，凑近检查人员设的长条桌，还没等靠近，桌子后面也是穿得一身白、看不出模样的人，起身就躲，跟他们的人保持了一段有效的身体距离。想要问话的人讪讪的。

上得车后，就有人高声说：以后走在路上得小心啦！不要独自乱跑，也不要说自己是北京人，逮着了会往你身上喷药！

众人笑。这笑里有了许多张皇、无奈、无措，手心里隐隐冒汗。

又到了来时下榻过的丽江那家饭店，一看，冷冷清清，那会儿见的熙熙攘攘的客人早没了，就连服务员小姐也不知躲到了哪里。导游好不容易喊出了前台小姐，向她拿房间牌。小姐全副武装，捂着大白口罩，还戴着手套，急急地把钥匙板甩给他们就走。

客人们到了房间里，喊服务员给送水，服务员也是戴着口罩一路小跑过来，扔下暖壶又仓皇小跑而去。最可恨的是餐厅服务员，本来是把口罩吊在下巴上的，一见他们进来，立即将口罩拉过鼻子挂上耳朵，严严实实将脸遮上。再一看，来时爆满的餐厅现在竟然只有他们一个团队，剩下的就是零星散客。

臊眉耷眼地吃完一顿饭，各自回房。晚上没安排什么集体活动，让大家休息，明天一早还要赶路。却几乎没人肯待在房间，就听走廊里踢踢踏踏，人都在往外去。那些买东西没买够的妇女，抓住停留在丽江的最后一晚，冲向古城里疯狂抢购。酒店寂静无声，梁丽茹和董强突然感到有一种无声的恐惧。他们虽没有什么采购目标,也不愿独自待在酒店,只好随大溜,跟着人群拥向丽江古城。

十分钟的步行路,却几乎听不到人声。城里的喧哗只不过就在昨天,一转眼,一切都变了。刚才听饭店值班经理说,上级刚刚下来通知,今年的五一长假暂停。云南旅游节暂停,不接待任何游客,尤其不准北京和广东游客入内。这是他们第一次确切地听到官方的对北京人的限制。

丽江古城清静了,是一下子清静下来的,让人不适应。有些铺子已经上了板,关门。开着门的,看店的伙计也有一搭无一搭地应付着客人,两眼却只顾瞟着电视,电视里播放着防"非典"常识,以及国务院关于五一长假缩短的通知。店铺里的一些东西纷纷在减价,老板说:没人啦,明天这里就封城啦。五一也不让游客进,这里的人全都放假回家。一个长期在新华街开店卖西藏银饰的小老板说,古城关门,这是丽江古城开发旅游以来,从来没有过的事情。完啦!完啦!生意不好做啦!全是让"非典"给闹的。这下子还不知什么时候能回来哪。

夜深了,每走过一家铺子,都能听到店铺在他们身后噼里啪啦上板关门的声音。他们是最后一拨见证丽江古城"非典"之前繁华的人。

他们久久地在青石板路上游弋,徘徊于四方城的大石桥上,漫步于玉泉河的潺潺流水之间,不肯离去,似乎在这里能寻找庇护和安全感,也深恐在睡去当中会受到什么噩梦惊扰。

先前梁丽茹还不喜欢它,觉得这个伪传统的、积木一样密匝匝搭起无数店铺的小城,商业气息太重。还有那些铺天盖地闹闹腾腾的人，那些旅游者和寻梦客把这里搅得乌烟瘴气浑浊不堪。现在，当这一切喧嚣都已远去，古城才返璞归真，露出它原本该有的风貌。这难得的静寂与疏朗，抚慰了他们惊惧和疲惫的心。

忧心只向梦中去，茶马古道无纤尘。

梁丽茹直到最后匆匆一瞥，在古城里无目的闲游的时候，方才爱上了丽江，直到要告别的时候，才明晓了它的好。

不是繁华，也不是喧嚣。

寂静就是它的好。

清洁就是它的好。

这一夜很短。他们说不清究竟睡没睡着。董强见她忧心忡忡的样子，还安慰她，劝她早点睡。明天一天又都是在路上度过，没有机会解开行装，不会有个安稳觉的。

一夜失眠的头痛，昏昏沉沉。早起，匆匆收拾行李，上车。梁丽茹回来取落在房间里的小本子，一看，只见他们前脚刚走，服务员后脚就在往他们的房间里喷药。汽车轮子的启动声中，听到了酒店在他们身后上锁的声音。酒店也放假了。大堂经理说，酒店放假，这是自从丽江开城以来从来没有过的事情。她说话的口吻，跟古城店铺里的小老板的口气一模一样。

他们是滞留在丽江的最后一个北京旅游团队。听得见在他们身后，丽江古城门、酒店大门一家家噼里啪啦上锁、停业的忧郁凄凉的声音。

在丽江跟那个混血儿的地陪小导游告别。他们对他有好印象，真挚、淳朴。小导游这时才说实话，告诉他们，他们来的那天，旅行社方面分派人去接团，一听是北京团，谁也不愿意去。我就不怕。我说我去吧，我身体好。高原上的紫外线能杀死一切病菌。小导游说，你们看，我连口罩都偷偷戴着呢，一见了你们面，见谁也没戴，我也没好意思拿出来。

说着，小导游还从脖子下边的衣领里拽出口罩让他们看。

众人唏嘘，感动。有人给小导游递名片，说你有机会到北京，一定来找我们。

离开丽江，在去往大理的车上，他们一边交换着昨夜又看到的有关“非典”的新闻，一边说着毫无意义的玩笑话，每个人的心里却都没底，每人的手机在不停地响，都在问着北京方面的消息。谣言说北京每天有1000多人染上“非典”，尤其医护人员感染得最厉害。医疗床位和呼吸机不够用，解放军301、302和309医院，以及地坛、右安门医院的病人装不下了，今晚要大规模向小汤山新建的“非典”医院转移。通知各家各户亲戚朋友，夜晚不要出门，免得路上被感染。

一条北京城即将封城的消息，最让人震惊。

谣言传来，心情沉重。梁丽茹原计划飞回北京，稍事休整，然后回沈城娘家过五一，之后接豆豆回来参加6月份的高考。现在，北京变成了这个样子，让她忧心忡忡。

妈妈这时从沈城老家来电话，妹妹也来电话，都担心她的安全问题。临出来前，她告诉她们五一过节回去接豆豆，也告诉了她们自己的行程，说是自己先来云南开个会，然后再回去。妈妈说：干脆,你就在首都机场里转机,直接买票换飞机回沈城吧！你就别回学校去了,万一北京不让出来了可怎么办?

她一边安慰她们说没事,一边心里也开始突突跳起来。

任何一种灾难来临时,都难免有谣言惑众的情形发生。她以理性的态度觉得这种紧张未免过虑。她把心里的担忧跟董强一说,他也觉得不会封城,到时候走得出去。即便封城,他也是要回去的,他的父母亲人都在北京,他没有理由一个人逃避。

事件的发展完全出乎所有人的意料。到达大理时,突然接到昆明方面电话,他们明天下午返京的班机有可能停飞。因为没有人再乘坐飞机到北京去,没有客人,航空公司不会为他们一行十几个人专门飞一次。至于何时起飞,待定,民航方面等待并机,把别的航班上的散客聚集到一起,凑出一个差不多的人数后再起飞,别让航班跑一趟赔得太厉害。

他们心里一下子慌了。这才真切地体会到"非典"就在自己眼前,已经对自己产生了切切实实的影响。

他们跟大理的地陪吵,在电话里跟昆明的地陪导游吵,都没有用,只有等到了昆明再解释,再想办法。吃过了午饭,下午2点多了,距离6点上火车还有一段时间。

地陪导游什么也没给安排,既没给安排休息地点,也没有安排游玩项目,不仅如此,吃完午饭后她还妄图把他们直接送到火车站,让他们自己闷在候车室里打发时间。这又是来时接站迟到的那个地陪导游小女人。现在她连穿一套少数民族服装的心思都没有了,套着普通的牛仔裤,下巴底下挂着口罩,一心想赶紧把他们一行人打发掉。

其实即便是安排游玩他们现在也没有心思。没有人再对苍山洱海眷顾，没有人想到这里就是五朵金花劳动梳妆的蝴蝶泉边。梁丽茹、董强他们也来不及回想这里是他们俩的第一夜爱情发生地。他们只想着能顺利赶路。

但是导游想撒手不管，不负责任，这让他们难以忍受。他们说他们哪儿都不去，既然不给安排旅馆休息，那他们就在这家旅游定点宾馆大堂里等待。

导游无奈，也不敢独自走掉，也只好离老远地陪着。他们一行人就呆坐在酒店大堂有限的几个沙发里，等待去火车站。酒店服务员都临时戴上了口罩，离他们远远的。他们就气恼，故意用北京话大声喧哗，在大堂里抽烟、吐痰，有点故意耍流氓似的大声说：不怕“非典”的你们就来吧！

结果是谁也不敢惹他们。

大理火车站的人少多了。怎么才一会儿工夫，人就都远遁了，消失得很快？知道处境不妙，他们就想，出了这个门以后，不要再说自己是北京团，要说是内蒙古团、河南团、贵州团，反正哪地儿还没有发现“非典”咱们就说是哪儿的。后来觉得长相和口音什么的统统不像，想想，就东北的哈尔滨人洋气，说话口音标准，咱们就说是那儿的。于是，大家空前一致，都商量好，彼此招呼、防止掉队时，就喊：哈尔滨团的，走喽！出发喽！

同时又充满自卑和哀叹地说：唉！咱北京人，啥时候出门受过这气！

大理火车站门口,有一群民工扛活的,旅客进站时他们强行帮助人搬运行李收费,像抢一般。谁喊了一嗓子:闪开点! 坶们北京来的嘿!

就听哗地一下,那些农民样的半大姑娘小伙子惊慌失措,立刻作鸟兽散,状似躲避瘟疫。

从车站到车里,人都不及去的时候多。他们坐的那节卧铺车厢,成了专卧,听说他们是北京的,没有人补票上这节卧铺。有两个同车厢的外地人,一听说这种情况,马上就换走了。偌大车厢,就他们十几个人。全体人员全睡了下铺,想睡哪个下铺就睡哪个下铺。连乘务员都不进他们这个车厢来。

在火车上,梁丽茹得到了一个十分不好的消息,妹妹电话来说:姐,你快回来吧! 沈城戒严了。就在今天早晨,发现一例"非典"疑似,从北京逃回来的,高烧隔离了。市政府宣布,说是"病"临城下,全城戒严,一律不许北京人私自进入。北京回来的人,先集中隔离十四天,才准出去。谁家敢窝藏北京来的亲属,要判刑,以刑法论处。姐你别在北京停留了,妈让你直接回来! 要不然,你就进不了家门了!

妈妈也来了电话,惊慌地说:小茹啊,赶快直接回来吧! 那北京回不去了啊! 你一个人在那儿妈怎么能放心! 快回来吧,我和你爸还有豆豆都在家里等着你呢! 你可别让妈着急啊!

梁丽茹在电话说:妈……妈你放心妈……就说不下去了。

妈之所以这么说,是因为她早就看出她跟顾跃进的关系紧张,一再逼问下,梁丽茹倒出了实情。妈想了想,说:茹儿呀,你跟跃进,是散是合,主意你自己定。妈把你们姐儿仨养大,就是想看到你们都能幸福。

那以后,妈妈的电话来得勤了,主要是不放心她。梁丽茹通常也都是报喜不报忧,净拣好听的说,免得让老头老太太惦记。这回听妈妈这么一说,梁丽茹有些心慌了。原来听说的是北京不让出,现在听说的是沈城不让进。这次是千真万确。

她思虑万千,觉得是不能在北京落地了,想办法从昆明直飞沈城吧。妈说得对,她所有的亲人都在那里。而北京,现在对她来说,只不过是一座空城,一座没有亲人等待与守候的空城。

又一想,连回北京的航班还没搞定,又要往沈城直飞,简直愁死人!

又一宿没睡踏实。第二天,带着浮肿的眼皮,被昆明地陪导游接站。然后一番交涉,明白他们乘坐的航班的确取消了,大概要等到明天下午的同一时间跟别的乘客并机起飞。航空公司负责由此产生的一切住宿和吃饭花销。如果哪位愿意改签别的航空公司航班走,也可以,就是要加许多钱。原先他们的团体机票是打了五折的。团里别的人没有谁想提前,第一,多花钱;第二,反正也是回北京,晚回一天是一天。梁丽茹是铁定了心直飞沈城。董强说:你走了,我也没必要再待一晚。他也要求改签跟梁丽茹差不多同一时间的返京机票。

地陪导游看看表说:航空公司9点才开门,现在不到7点,我们可以先吃早餐,然后我可以领大家到昆明花市转一转,昆明花市很有名的,鲜花便宜又新鲜,来这里的游客都一箱一箱地打包空运。

有的人问可不可以参观一下西山和昆明世博园等景点,导游说:现在各景点都要查看身份证,北京和广东的人不让进。一车人又生一回闷气。

一行人在花市流连。昆明的花市果然名不虚传,各种鲜花斗艳,未得进去,先香气扑鼻。那些大捧大捧的玫瑰、康乃馨、百合、如意兰、非洲菊都是凌晨带着露水从枝头上刚刚剪下来的。价格也是惊人的便宜。老板吆喝说:买吧买吧!大减价啦!游客没有了,明天不出来卖了。

鲜花如此可爱,让人忘却烦恼。梁丽茹实在忍不住,买了一大抱娇艳欲滴的香水百合。董强不无忧虑,说:好是好,你可怎么拿啊?梁丽茹说:反正是直飞,下了飞机,就到家了。

董强在心里直叹气,心说:唉,这个女人,没救了。大老远买花,还浪漫"非典"呢。

到了9点,他们一行人去坐落于市区酒店的航空公司办票。还好,梁丽茹和董强都改签到了下午的航班。梁丽茹的机票是全价,退掉原来的北京飞来时的800块,重新买了2200的全价票。"非典"时期,昆明至沈城的机票竟然不给打折。垄断真是万恶之源!如果她按原计划先在北京落地,再去买张北京—沈城的机票,那一段全价也就600块钱,折合下来全程也就1400元,碰上打折,还可以更便宜。里外里,这一改签,就多花了800多块。

大巴送一行人去航空公司提供的宾馆,中途绕路去机场,把梁丽茹和董强放下。下午2点多的飞机,董强故意买了比梁丽茹稍后一点的,可以看着她先进港。离办理登机还有段时间,他们俩在候机室里找个位置坐下来。大厅里没多少人,空空荡荡。他们看见问询台前一个同样被取消班机的男人在跟地勤人员吵。戴口罩的妇人在一遍又一遍来回拖地,看得人心烦,好像那"非典"细菌全在地上。梁丽茹和董强只是沉默着,一时无话可说。一大捧香水百合躺在他们身边的长椅上,馨香顽强抵抗着消毒水的气息。

接近中午,董强建议去咖啡厅吃点东西。梁丽茹忧心如焚,要了一份鸡丝饭,竟一口也吃不下去。谁也没想到,此行的浪漫之旅会以这种方式结束。他们俩来时在首都机场相聚,现在却又要在昆明机场告别。在最后要验票登机的时刻,梁丽茹顾忌不了旁边人的存在,忍不住紧紧拥抱董强,静默相拥之中,竟有了些生死离别的滋味。董强轻轻抚去她眼角的泪水,安慰她说:傻瓜,哭什么?过几天不就再见到了?

最终,他们还是不得不分了开来,各自奔向未卜前程。眼见得梁丽茹怀抱鲜花进去,董强挥挥手说:记住,到了以后来电话!

飞机又爬上一万米的高空。刚才登机前,梁丽茹给妹妹打电话,告诉她起飞时间。妹妹说好,她到时去机场接。那边的最新消息是,凡外省过来的都要严密检查,测体温。梁丽茹心里一紧。由于过度紧张疲劳,她内分泌有点紊乱,刚才在候机室时,无来由地开始便秘。她本来也没有发烧,让妹妹这么一说,忽然心虚,怕自己真的体温高起来,赶紧从包里摸出一片阿司匹林吃下。

空姐送来的食物,她什么也不敢动,怕万一真的便秘发烧起来。怎么也要坚持到家再说。出了机场，就是胜利。梁丽茹闭上眼，什么都不去想，多少有点听天由命。

她原以为一上飞机就直达沈城，原来这趟班机中途还在重庆落地。全体乘客离机，到候机厅，40分钟后拿着原来的登机牌重新登机。她把鲜花放到机上，跟随人流出来。

只见重庆机场的形势也很严峻了。北京和广州的乘客专门给用绳子圈出一块等候区。别的乘客都像躲避瘟疫似的绕着走。

梁丽茹也像躲避瘟疫似的绕着走。她着急上火，又跑了一趟厕所，尽管没什么内容，却隐隐觉得自己体温在升高，然后就对自己能否在沈城机场过关忧心起来。窗外下起了小雨，是山城固有的淅淅沥沥的春雨，像撒尿撒不净似的。一会儿广播里说自己这趟班机推迟起飞。什么时间飞还不知道。

她又打妹妹电话，说自己到重庆了，下雨，飞机晚点，等到上飞机时再发短信通知妹妹时间。梁丽茹接着又问：我到底能不能进去啊？妹妹说：你放心吧，说啥也得把你接出来。我再找找人，看看有没有负责管机场那片的朋友，万一不行也可以把你捞出来。你就放心回来好了。

她这么一说，梁丽茹反倒更不放心，加重了绝望情绪。她想还不如在这里转机，飞回北京，管他身体好不好，反正都是在疫区（“疫区”这个名字已经被正式叫开了），回自个儿家里待着吧。万一在沈城机场进不去，或者回家给父母他们添麻烦，真是没办法解决。忧虑之下，她又到问询处打听，飞北京的航班还有没有空位。小姐说：有一班是晚点的，还没有起飞；还有一班是晚上8点钟以后的。她问:晚点这班是否还有空位?小姐说:有没有空位都不能上了,飞机已经关了舱门。梁丽茹想,那就只好等着坐8点钟以后的了。还有漫长的等待,到了首都机场时也已经是半夜,该如何是好?

她正在心神不定,那边自己那趟班机已经登机。也就容不得她多想,随人流进去。

沈城机场到了。这里的气候比北京冷,比起云南昆明来,更是差了一个节气。下了飞机,坐转运大巴到出站口,心里冷得刺溜刺溜的。如临大敌的气氛,走着一个怀抱鲜花的女人,有点傻。下了二楼,却见楼口处立了一个小门框,两旁是穿白大褂戴口罩的人。出去的人排队等着在测体温仪器下量体温。突然,两个穿保安制服的人提着电棍慌慌张张地跑来,直奔人群两边,远远地,见一队西装革履的政府官员模样的人正在向他们这队人流走来。梁丽茹心里一紧,心说,完了!只要他们一查身份证,我的北京身份就露馅!

怀里的花顿时就有些抖抖的。

还好,体温正常。顺利通过。没有什么人上来阻隔。官员们站在远处瞅着,在听一个什么人做汇报。她的提到嗓子眼的一颗心,忽悠一下,算落了下去。

到了行李运输带那儿等行李。四下寻摸,见玻璃门外妹夫在招手。好像没有什么检查了,松了一口气。拿好行李,出了门,妹夫接过行李。妹妹站在更远处等着,一见她就说:姐,刚才是副省长和市里“一把”(市长)来检查工作。我怕别人看见我来接你,所以让志民站在前面接。市里有规定,凡是公务员接待北京来的亲属的,要受处分。志民自己开公司,不属于公务员,没事儿。

志民也说:姐你厉害呀! 一回来就是省长和市里“一把”接。梁丽茹说:得了吧! 吓死我了! 我就怕他们查身份证。妹妹说:他们也不是冲着你们这趟飞机来的,他们主要检查从北京来的飞机。

路上,余悸未尽。妹妹说:我打听了,这个时候,谁也不敢帮着说话捞人,知道了就开除公职,还有法律处分。我还带了 5000 块钱,怕你万一出不来,准备让你去隔离的。

梁丽茹问:真会隔离吗?

妹妹说:那可不嘛。来之前我还打电话问了爸妈,要是你真出不来,被隔离的话怎么办? 你猜咱爸怎么说? 他说那就隔! 说什么也不能返回北京。你多拿点钱,接你姐,实在不行,被隔离,你就让她挑最好的宾馆住,住单间。

梁丽茹眼圈红了。什么是亲人? 这就是亲人! 父亲平常很少在她们面前表达爱意,总是摆出一副权威面孔。到了关键时刻,还是爱女如命啊!

在车上打电话给爸妈,说一切顺利,他们正在回家的路上。一到家,梁丽茹就扑上去抱住妈,豆豆也扑过来抱住梁丽茹,娘几个抱头哭起来,眼泪止不住地往下掉,像劫后余生。

这时已经是 2003 年 4 月 29 日了。

距离五一节还有一天,市里提出了口号:“病”临城下,严防死守。

妹妹妹夫把她送到就回去了。小妹家的小孩子童童也早被他爸妈给领回家去，怕他在这里吵着大姨不得休息。跟家人也就是一个多月不见，2 月份的春节过后才走，却像隔了多少年。父母他们没有问豆豆爸爸怎么样。尤其是当着孩子面，他们从来不提这个话题。就连豆豆也闭口不提。其实她是个把什么都看在眼里、装在心里的孩子。姥姥姥爷没有让豆豆去机场这种人多的地方，怕染上病。作为考生，她现在是家里的重点保护对象。

梁丽茹洗漱睡下，这一天，从南到北，像走过了千山万水。

回家了，踏实了。她的亲人，她所有的血缘之亲，都在这里，都很健康，平安无事。还有什么可惦记的？还有什么可担忧的？她的虚假的高热很快熄灭，排便也立即恢复正常。

接下来的事情却让她始料不及。

小外甥把她给举报了。

小外甥童童是梁丽茹小妹的孩子，今年才上一年级，6 岁，傻大个儿，已经长到一米三。只长个儿，不长心眼。还在幼儿园大班时他妈妈就给他打儿童月票坐车了。老师发动同学们检举揭发流窜过来的北京人。老师说：同学们，你们家里有没有北京来的客人哪？语气充满诱导，像电视里做高露洁牙膏广告的阿姨。

小外甥举手说：老师，我大姨从北京回来了，在我姥姥家。

姥姥家的大人们一直在互相叮嘱，不要把梁丽茹回来的事往外说，却独独把这个孩子给忽略了。小外甥童童从生下来就一直在姥姥家，是姥姥姥爷给带大的，后来上学，也是姥爷姥姥天天接送。姥姥一家人每次跟梁丽茹通电话，他都听见了。但他只听明白大姨要回来,却没听清是什么从北京还是从云南的。小孩子都听老师的话,绝对信任服从老师,老师一号召,童童就把大姨供了出来。

这下就出了麻烦。到家的第二天一早,梁丽茹还没醒,童童的班主任老师立刻打电话给姥爷:邢童童说他大姨从北京回来了?

姥爷反应挺快,说:谁说的?我大闺女是从云南回来的。

老师说:梁大伯,这个事情的严重性你也知道,咱们谁也不能隐瞒。出了问题可怎么整?你负不了这个责,我也负不了这个责。赶紧叫你大闺女到街道派出所登记隔离。

姥爷一听就急了:隔什么离隔离?我负责能怎么的!跟你说是从云南回来的你不相信?那机票和住宿票都在手里呢。她出去开会半个多月,早就没待在北京……

老师仍不依不饶地说:咱这么说吧,大伯,这个时候,谁家有个北京来的人,别的不说,知道了都让左邻右舍的人膈应(东北土话,"讨厌"之意)。

姥爷态度也很强硬:跟你说她不是从北京回来的就不是从北京回来的,要不,她出得了机场吗?

一到这时候,父亲忽然像一只老母鸡护犊子,拼死也不把自己女儿交出去。

很大的声音,惊醒了梁丽茹,她穿着睡衣出来,约略听到了几句对话,还以为是街道大妈什么的,就在旁边小声说:爸,我来跟她们解释……

爸仍不放下电话,据理力争:市政府不只是说北京来的登记吗？我再告诉你一遍，我闺女现在不是从北京来的，是从云南，登什么记登记？

老师说：你们不为自己想，也得为孩子想想……

姥爷说：想什么想？童童根本没跟我们在一起，被他妈接家去了，他根本没见着他大姨……

老师说：这样吧，这事我跟校长商量一下，然后再答复你。

电话撂了下来。妈妈在一旁听明白了，说：老梁你光犟有什么用？人家要求发现北京人就上报，老师也没有错。人家知道咋回事啊？你赶紧给童童爸打电话，他认识校长，让他跟校长解释一下。

姥爷给小女婿打电话，说童童把他大姨给揭发了，老师来催着你大姐登记隔离。你赶紧给校长打电话告诉他，大姐是从云南来的，不是从北京。

童童的爸爸赶紧打电话跟校长沟通。

隔了好一会儿，班主任老师的电话打过来，说：那什么，梁大伯，这事我跟校长汇报过了，他说就不给你们上报了，你们就自己看着处理吧。童童这些天就给他放假，不用到学校里来了。

姥爷本来觉得这事已经过去，刚要松口气，一听不让外孙上学，又懊恼，刚要起急，姥姥急忙拉住他。挂了电话，姥爷说：这扯不扯，影响到孩子身上？

姥姥说：没事呀，听她那么说说得了。过五一全放假，看这样，五一过后也开不了学，就让孩子在家待着吧。

这简直是，哪儿跟哪儿呀！梁丽茹刚刚做了一宿的梦，一下子又被凿醒。

沈城到了最紧张的时刻。它的防范重点就是截击从关里“逃窜”出来的北京人。它跟北京只有一关之隔。跨过山海关,往洁净的东北三省“逃窜”的人,最先隐匿的大城市就是沈城,它是东北三省的交通枢纽。往北去的火车、飞机、汽车,都要打这里路过。沈城防护的重点是高速公路,北京有私家车的人不少,为了逃避机场和火车站的检查和隔离,他们全改为自己驾车过来。发现高速公路也设立检查站以后,附近的农民有生意做了。有的农民专门给人带路,带着他们躲过检查站,抄小道绕农田进城里来。有的听说北京牌子私家车进不来,干脆就从北京花高价打车,到了检查站口再让车子掉头回去,自己则踩农田,过小路,往关外沈城逃奔。沈城发现的第一例“非典”疑似病人,就是自己驾车率领全家往回“流窜”的沈城籍北京人。据说,他在开车的路上就发现自己有点发烧,于是先把老婆孩子送回到丈母娘家,自己这才到医院瞧病,结果这一下就高烧不退,被诊断为“非典”疑似。同车回来的家人,也被全部隔离起来。

那些给北京人带路的农民遭到众口一词的谴责。消息一被报纸披露出来,广大市民一致要求对他们严惩。个别市民愤愤地说:这要是混进来一个“非典”,就把全城都糟蹋了该怎么办?

虽然这里从没有过传染病流行,也从没有过应急预案,但是,人民群众的力量是伟大的。一场阻击“非典”的人民战争发动起来了。工厂、机关、学校、部队、厂矿、街道,眼下的任务就是同仇敌忾,全力截击北京疫区“流窜犯”,坚决保卫沈城人民的安全。

每个居民区的胡同街道上,都不断地有广播车在游街,街道大妈用大喇叭筒子喊:广大的居民同志们,居民同志们请注意!根据市委市政府指示精神,各家各户一律不准收留疫区来人。家里有北京亲戚回来的,要自觉主动去登记隔离。知情者不报者要严惩。非法留人者,更要严惩不贷!我们要众志成城,抗击“非典”,同仇敌忾,保卫沈城!

喇叭筒子的声音分贝十分之大,在窗前屋后不停地喊着,听了令人寒噤。

街道里还组织党员轮流值班,在小区门口值勤放哨,严密监视过往人员。梁丽茹妈妈也被组织前去看守小区大门。城市里的低保户也被命令去把守大门,说是不能让他们白吃国家的饭,白白享受国家低保待遇。

梁丽茹现在出不了屋了。在她家楼底下的花坛上总坐着人。小区门口也总有人把守。邻居们都知道梁家有个闺女在北京,有事没事总问她妈妈:你家大丫头回来没有啊?妈妈就回答说没有。说话口气十分肯定。

也只能说没有。现在这种情况,还能怎么说呢?梁丽茹不能总手里拿着机票告诉迎面来的人,我是从云南回来的,在那里已经待过了14天的隔离期限,我身上不带“非典”病菌。这么说,别人能信吗?别人能理解吗?

如果她出门去,被人看见了就会汇报,那样一来,妈妈一家人会受牵连,别人会躲着他们,街道干部会每天上门来查看,要求量体温，给他们家消毒。

妈妈作为临时被吸收的街道防“非典”联防队员，就亲自去给四单元六楼的一家喷洒消毒水，回来时自己还嘀嘀咕咕：老王家那二丫头从北京回来了，不老实在屋里待着，还下楼到处乱走，你说多烦人啊！

梁丽茹听了心里暗笑，心说：作为妈妈，对待自己的孩子和对待别人家的孩子，立场和态度就是不一样。

就这样闷着，什么时候才算是个头？真是生不如死！

梁丽茹差不多有一周没下楼了，就在屋里绕绕，看看报纸、电视，检查检查豆豆的备考情况，也帮不上什么忙，只能给予些精神鼓励。

在周围对北京人“痛打”的气氛中，突然之间，她就对自己产生怀疑：万一我身上真带着“非典”病菌呢？

她又一想，已经在云南待了两周半了，若有的话，也早已爆发。

但也说不定。这一路回来，难说被途中什么人传染上呢。

人一无所事事，就容易瞎想，难免惴惴不安。

小外甥童童的爸妈要到单位值班，家里没人管他。他妈妈又把他送来姥姥家。一见面，小童童就亲亲热热地叫大姨。这孩子，像豆芽菜长疯了似的往上蹿个儿。大姨刚说一句童童，你把大姨出卖了……姥姥就把她给拽到一边，不让她指责孩子，说这孩子小，心思重，自尊心太强，说了他，他会自责，对孩子心理不好。再说孩子做得没错，不是不让孩子说谎吗？主要是他没听明白大姨究竟是从哪儿回来的。

梁丽茹赶紧解释说:我这不是逗他玩嘛。

他这一来,大姨梁丽茹就有了解闷的玩具。女儿豆豆一则大了,再者正闷在小屋里复习备考,也很少有时间跟梁丽茹说话。只有这个小家伙童童跟大姨最好,猴在大姨身上问这问那。知道大姨是教授,崇拜她,跟她讲家里电脑配置,还亲自演示给她看。他操作电脑的小手飞快,画画、用拼音打字、玩游戏,什么都干得来。梁丽茹教童童上 BBS 发帖子,他一学就会。跟大姨玩电脑里的游戏《大富翁 4》,他最爱选金贝贝,让大姨选孙小美,金贝贝一路过关斩将,买房子圈地,从银行贷款盖楼,到老巫婆那里算命,玩得津津有味,总能赢过孙小美。不开电脑时,他就跟姥爷抢电视看,连上厕所都把遥控器揣着。姥爷急了就大声喊:童童,你把遥控器给我,那个台的球赛开始了!这祖孙两人的电视大战,把梁丽茹看得直乐。

孩子到底还是孩子,总希望有人跟他玩,至少他玩时旁边能有人看着欣赏。姥爷下楼去买东西,姥姥睡觉,大姨也在睡觉,大姐姐在复习功课,没人跟他玩时,他就到姥姥的屋里,在屋里乱蹦,使劲拍床板,希望能把姥姥震醒。没能得逞,他又转到大姨的屋里,手里捏了一个信封,走到大姨跟前,轻轻推大姨一下。大姨假装不醒。他看看无趣,走了。一会儿,他不甘心,又转回来,鼓足勇气,使劲推了推大姨,说:大姨给你一封信。

大姨一看,是他自己设计的“祝大姨生日快乐”的电脑贺卡。还是上个月设计的呢,不知为什么没给她寄出去。

大姨赶紧表扬他,说了一些感谢和鼓励的话。

童童得意了一会儿，忽然像想起什么，特别严肃地跟大姨说：大姨，我问你一件事，你要跟我说实话。

大姨一见他那小表情，觉得好笑，就说：好，你问吧，我说实话。

童童说：大姨，你到底是从北京回来的还是从云南回来的？

梁丽茹一听，这还得了！小家伙心里也是存了一个结呢！她赶紧起身，拿出机票，送到小外甥眼前确证，指着那上边的地点、时间，告诉他自己确实是从云南回来的。

他这才相信地点点头。

小孩子们的生活也被“非典”搅得不亦乐乎。学校规定，每天晚 8 点以前学生们要打电话，向老师报告体温。学生人数太多，老师电话接不过来，就把全班同学分成四个小组，大家先向小组长报告，然后再由组长向老师报告。童童是个小组长，他的小组有十个组员。这一下子可倒好，每天晚 8 点，姥姥家电话就要被打响十次，都是来找邢童童汇报体温的。

一天早晨6 点钟，电话就丁零零响了。姥姥一接，原来是童童他们班的张大光向童童来报告体温。大光妈妈很不好意思地解释说：昨天晚上我上夜班没回来，家里就大光和奶奶在家，大光他奶奶不会看体温表，今早我下班刚一进门，这孩子就哭着喊着让我给量体温，然后非得立即告诉给你们家邢童童。真对不起，吵醒了你们。

接电话的姥姥说：没关系，小孩子就是这样，老师的话就是圣旨，老师让干什么就干什么。

放下电话她就笑，说这小孩多有意思，昨天的体温他今天早上才量。

到了5 月6 日这一天,大妹和妹夫开着车来接梁丽茹出去玩。大妹听说梁丽茹回来后还没出过屋,对她深表同情,就一家人开车过来接她和爸妈,带他们上郊区的森林公园转一转。怕一辆车坐不下,他们又打电话约来小妹也把车开过来,然后可以把豆豆和童童都带上。

两辆车子都到了,妹夫们当司机。本来两个妹妹也都考了驾驶证,但是遇到这种重大载人出行活动,她们俩的驾驶技术就有点让人不敢恭维,还是男人驾驶比较踏实。

人一多,家里就挤得像过年一样。老头老太太乐坏了,吆喝了这个孩子又吆喝那个孩子,催促他们快穿衣服,拿相机,拎矿泉水,一幅准备大型郊游的欢乐场景。童童人来疯,从这个屋到那个屋,跑来跑去,就是不肯穿衣服,故意跟姥姥姥爷捉迷藏。

梁丽茹想着的是,怎样先过楼下这一关,能顺顺当当走出去。大妹说:姐,没事,你别抬头,谁也别瞅,出去以后你就直接钻车里。这大过节的,谁家还不来个亲戚串门什么的?

梁丽茹还是心虚,戴墨镜,戴帽子,戴口罩,把衣服领子立起来,上半边脑袋遮得严严实实,乔装打扮后,这才敢下楼。她一个人先走,没敢跟家里人一起走。她疾步快走,心咚咚跳,一点也不敢向周围斜视。此时她的父母家人正躲在四楼阳台的玻璃窗后边紧张地往下注视着她。她躲过门口低保户的眼睛监视,一脚跨出小区栅栏铁门,看见大妹的车紧靠着大门外停着,小外甥女蕾蕾从车窗里冒出来半个头,正在神神秘秘地向她招手。她拉开车门,一个箭步跨了进去,砰的一声关上门。

胜利啦！她这才摘下那些口罩面具,长吁一口气。蕾蕾也从前边座位上转过头来,亲亲热热地叫大姨。

蕾蕾说:大姨,我都没敢喊你,我爸爸嘱咐不让我喊。

旁边手扶方向盘等待着的蕾蕾爸爸说:那能喊吗？一喊不就露馅了?

梁丽茹爱抚地捏了捏蕾蕾的小脸。这孩子,长得像大妹,也很像自己,都是小鸭蛋脸,弯弯细细的眉眼,11 岁了,快一米五,也是豆芽菜一样细细瘦瘦的。她妈妈说她不好好吃饭,饭量像鸟食一样,也不知道她一天究竟喜欢吃啥,大妹为这事整天发愁。

豆豆还有大妹她们几个坐这辆车,爸妈和童童他们一家人坐后边一辆,一家人聚齐了,欢欢乐乐地向郊区驶去。路上,大妹问蕾蕾,说:蕾蕾,你们老师问你们没有,谁家回来了北京亲戚？蕾蕾小脖儿一梗,说:问啦！我连理都没理。

大家就笑,说,你看人家蕾蕾就不说,不像童童那个傻小孩,问啥说啥。大孩子跟小孩子就是不一样,社会化程度高,已经知道趋利避害。

节日里的森林公园,人山人海。如果五一正常休长假的话,现在可不正是处在节日当中嘛！人们都被在家里憋疯了,全都跑到这森林有氧的地方玩,根本没人戴口罩,“非典”的惶恐刹那间扔到脑后。北方高大的针叶林带,阳光透过缝隙挥洒下来,乔木和灌木绿油油的,到处丛生,花圃里面正是百花开放,姹紫嫣红。北国风光，春意盎然。这里不光有森林，有花圃，还设立了戏水乐园、过山车、浮桥索道等儿童游乐项目，很有些向迪士尼靠拢的意思。

小孩子们一进来就玩疯了，四处疯跑。以豆豆为首，三个年龄呈阶梯性递减、彼此相隔五六岁的孩子，竟然不分大小，立刻戏耍到了一块。豆豆饱受高考压抑的少年天性这时也充分释放出来，不断给两个小孩出坏主意，诸如，我看你们谁能先把那朵蔷薇掐下来，谁先掐下来大姐姐有奖之类的，仿佛内心充满破坏欲。两个小的傻，让干还真去干，得逞了以后嗷嗷乱叫，追逐着围着大人跑圈儿。大人们对他们的行为表示了充分的理解，知道他们是故意的，明知故犯，也只是告诫一声：不要破坏公物！然后也就不去理他们——越理他们干得越欢。

大人们悠闲地漫步，看风景，呼吸新鲜空气。孩子们坐过山车、戏水、打闹、吃冰激凌。公园中心还开辟出来一块大概有三四个足球场那么大的林间草地，四处坐满了悠闲的人，有人在那里踢球，有人卧在草地上晒太阳，有人来回跑着放风筝。大妹和妹夫带来了羽毛球和飞碟，让孩子们在那里打，在那里扔。父母大人们则坐在阳光下的长椅上，笑眯眯地看着他们玩耍。扔够了，蕾蕾将飞碟交给小姨，自己又拿出橡皮筋，让豆豆大姐姐和妈妈抻着给她跳。

豆豆大姐姐和妈妈将橡皮筋给她抻开，11 岁的蕾蕾身手敏捷，轻捷得像只小燕子，在阳光下轻灵地飞舞，一边跳，一边嘴里还念念有词：

高跟鞋，高跟袜，
我给高跟打电话，
一、三、五，
二、四、六，
高跟说她不在家。

橡皮筋随着她欢快的舞步，上下弹跃。一旁的童童看得眼热，也咕扭咕扭地过来伸腿要拨弄，让小姐姐给打到一边：去去去，男生不让跳。童童涎着脸继续绕圈跑，捣乱，让小姐姐抓不着他。童童爸爸吆喝他过去扔飞碟，他又咕扭咕扭地跑走。

驱退捣乱者，蕾蕾继续跳下一个：

我是一个 K，
来到北京队，
七个大鸭梨，
八个香蕉皮，
咪嗦啦咪嗦，
啦嗦咪哆唻……

跳累了，又换成大姐姐豆豆上来跳，她在一边歇着，让大姨和妈妈给抻皮筋。

梁丽茹和大妹看着孩子们在跳，不由得回忆起她们俩小时候跳橡皮筋的情景，一个说她那时能跳过“大举”（把手臂高举起来，越过头顶那么高)，一个说她只能跳到"小举"(把橡皮筋抻到齐耳高)。她们那时唱的跳皮筋歌谣是:"麦浪啊滚滚啊闪金光，棉田啊一片白茫茫。丰收的喜讯啊到处传，社员心里喜洋洋啊喜洋洋。"如今真是不一样啊！孩子唱的什么，她们莫名其妙。

豆豆跳出满身汗，又要换蕾蕾。蕾蕾却鼓励大姨和妈妈来跳两下。她们开始说不去，老胳臂老腿的，怎能跳得起来？小蕾蕾不干，有点恳求她们一起玩的意思，一定要妈妈和大姨跳上一跳。她们就分别上去跳，换成豆豆和蕾蕾抻皮筋，蕾蕾在一边给她们唱:

小豆豆，上学校，
老师讲课他睡觉，
左耳朵听，
右耳朵冒，
你说可笑不可笑……

没等她唱完，大妹就说:不行，跳不动了。

大姨跳了几下，也说:不行不行，裙子跳开线了。

蕾蕾乐得笑弯了腰。豆豆也笑得站不住了。大姨让她们继续玩，自己走到旁边，在父母身边的长椅上坐下，喝着母亲递过来的水。

阳光下的森林草地，满目绿色，满眼春光。看着家人其乐融融的景象，梁丽茹感到心里温暖无边，所有的坚冰、抑郁、恐惧、焦灼早已融化，只留无限温情荡漾在心间。她想自己没有什么可担忧的了,她不管走到哪,不管怎么样,都绝对放心了。父母、子女、亲人,都很让她放心。只要他们好,她就放心,无论干什么,心里都有了底气,他们就是她心里最深的爱和最大的底气。

她也觉得自己没必要再待在这座城里了。她可以走了。她得回去,回到自己所归属的那块地方去。

"非典"时期这一路走来,祖国大地从南到北处处"挨打被逐"的经历,让她痛感了自己"北京人"的身份。这是个以"痛"的方式而感觉到的身份,铭刻心底,终难抛弃。

在故乡逃亡的经历,也让她明晓,故乡已经把她开除出去。她是北京城里的外乡人,又是故乡人眼里的北京人。一场突如其来的疫情,让她明白了人世间的许多道理。

疫情让她明确身份,疫情让她失去故乡。

疫情也让她明白了,血浓于水。无论遇到什么,只有父母最不嫌弃自己的孩子,只有亲人才能无条件地接纳她、收留她。

有了他们在身后做强大的后盾,她还有什么可忧惧的?她还有什么不放心的呢?

行了。一切都踏实、稳妥了。她的心踏实、稳妥了。她现在可以走了,真正可以上路了。

决心已定,梁丽茹就提出要回去。

看来自己这辈子,死也要死在北京喽。这是她在心里的感叹和毒誓,却没有说出口,怕惊吓着父母两位老人家。

父母坚决不同意她回去。

老头老太太每天都在为她和豆豆殷勤打看着北京"非典"人数

发布消息。100 多,100 多,还是 100 多。每天公布的人数都是在 100 上下打转转,不见下去,也不见上来。这时候回去,他们不放心。

梁丽茹安慰他们说:爸,妈,没事,其实越是疫区中心,就越风平浪静。感染人数不上来,这就是喜讯,证明不再有新的病人增加。再说,豆豆也得提前回去,适应一下环境。

见拗不过她,父母也只好放行。临走,妈妈要求她每天打电话来报平安。她说行。妈妈又无限怜爱地抚摸着豆豆,说:孩儿呀,考试不用紧张,能考啥样考啥样。豆豆撒娇说:放心吧姥姥,我能考好。

在父母亲忧心的泪眼中,梁丽茹领着女儿登上了返京的波音 747 飞机。

7

于盈盈这栋楼的隔离解除了。

消息宣布那天，众人一片欢腾。社区大妈的大喇叭筒子喊话一结束，楼里的人们全都窗户门大开，跑上跑下，在楼道里大喊大叫。那些腿脚不方便的老人或孩子，也把脑袋探出窗户张望。隔离用的黄色警戒线被警卫们一点一点卷起来收回。环卫人员靠近楼下，清理着忍冬青树丛中覆盖的厚厚的灰尘和垃圾。突然间，三单元的一个楼门洞子，从四层的窗户上伸出一挂鞭炮，噼噼啪啪一连串炸开，是谁家春节时没放完的鞭炮，用在这里了。没有人阻拦，小区大妈也不管，众人随着鞭炮声欢呼喊叫着。

顾跃进听到宣布隔离解除以后，拾起衣服，兔子一样跑掉，连声“再见”都没扭回头来说。昨天晚上，还是于盈盈一边画着墙上的日历，一边提醒他说，今天就可以解除隔离了。于盈盈还替他早早收拾打点好了他自己的物品。其实也没什么物品，也就是二柱子给买的那几件家常衣服，带不带都没用，扔了也不可惜。于盈盈为了表现得像个会体贴人的小女人，就假装忙忙叨叨地给他拾掇起衣服，其实内心里还是盼望着他早点出去。

这一点，顾跃进也看出来了。他却假装不知。他明白他们两个人的忍耐都已经到了极限。

随着解除隔离时间的一分一秒临近，这种极限也越来越达到了冲顶阶段。如同一个膀胱里久憋一泡尿的人，眼见得厕所在前时会条件反射，指不定就要尿裤子，而若告诉前边距离厕所还很遥远，他反倒是还可以继续忍耐。顾跃进和她都已一分一秒地忍耐不下去了。所以在解禁的那一刻来临之时，顾跃进起身拔腿走人，根本不回头。还再什么见哪再见，自欺欺人的话，不说也罢！

下楼，见二柱子的车已经等在小区门口，顾跃进急忙钻进车去，让二柱子开车快走。这个让他莫名痛苦之地，让他莫名蒙羞之所，拜拜吧您哪！永生永世我都不想再来，永生永世我都不想再见！

他在心里无比憎恶地狂喊。

于盈盈也如蒙大赦，根本不曾在意顾跃进告别不告别的。顾跃进前脚走，她后脚就跳起来，欢呼雀跃，狂蹦狂跳，嗷嗷叫，大喊几声：噢——解放喽！噢——解放喽！解放喽！她原地转几个圈儿，接着打开窗子，把脑袋探出窗外看下边的鞭炮炸雷，反身又蹦着高，蹿来蹿去，不知怎么乐才好。

她一蹿一跳的，打开录音机，放上爱尔兰乐队的音乐，把音量开到最大。在金属的撞击声中，她快乐地打扫房间。她系上有卡通图案的小围裙，头发一边一个扎起小辫，掐起小腰，先环顾一下屋子，看看从哪儿下手。她思忖了一下，好吧，就从这儿开始吧！

于盈盈爬上床去，扯掉床单、枕套、被套，将凡是顾跃进沾过用过的东西，统统换掉，统统塞进洗衣机里。她扯下沙发套，也扔了进去。还有什么？毛巾、擦手巾，也一同给塞进去。她给洗衣机放水,开动按钮,工作;再给床上换上粉红色百合花图案的柔软床罩,将被套枕套换好。她快乐地拖地板、擦窗台、擦桌子,把音乐换成孙燕姿的《天黑黑》:“我的小时候,吵闹任性的时候,我的外婆,总会唱歌哄我。夏天的午后,姥姥的歌安慰我,那首歌好像这样唱的……”

歌曲结束。床单也已在阳光下的晾衣绳上悠然飘荡。屋子里吹进来槐花和紫丁香的馨香。一转眼,都夏天了。于盈盈眯缝着眼,晾完衣服,手搭凉棚往天空望了望。初夏的5月,5月的初夏,天空格外晴朗。白杨树的叶子也由嫩绿变成深绿了,正在5月的微风中沙沙沙地响。多么美好的夏季!多么美好的天空!多么美好的自由生活!

于盈盈解下围裙,挓挲着手,看着里里外外清爽一新的劳动成果,恍然之余,在自由的快乐之中,不知为什么又显得颇有些迷茫。

她又换过一张CD碟,听Vivaldi的《四季》,坐下来,铺上两张白纸,特别有写一点什么的冲动。拿一根铅笔敲打自己的脑袋,一会儿又仰起头来,咬着铅笔头想了一想,然后低下头,伏在桌前写起隔离14天的“个人总结”来:

鄙人在“非典”隔离的14天里,做过的事情如下:

消耗掉的食物:烤鸭五只(最后都吃出了鸭屎的味道),啤酒五件(一“件”即一箱,24瓶),羊腿五个(剩下一只锅里炖不下了),猪蹄十只。西瓜、火龙果、山竹、猕猴桃、苹果、草莓若干。前三天失眠疯掉;第四天、第五天,玩《帝国时代》,终于建立起一个信仰；第六至第十二天，语聊室里骂人；第十二至第十四天，到网上谈情说爱。

写完了，她觉得有趣，索性贴到 BBS 上。

立即有网友跟帖：我靠！这么丰富！把我也隔离了吧！

第二个网友说：你这是隔离呢还是养膘呢？

顾跃进出了隔离小区的大门，坐在车子里飞快地驶上大街。街上的车辆很少，道路变得很宽，觉得前方视野扩大了，总像是有什么事情不对头——这是他出来后的第一个感觉，那就是有什么事情像是不对头，因为道路视野的无限扩大、清晰，能看到很远处的房屋、立交桥、树木，在蓝天白云下悠然矗立。四周的景致甚至一下子都有点陌生，不认识了，似乎以前没见过。这是他常走的那条路吗？怎么也像是没来过？这路上的空旷、寂寥、干净，都不像是北京，不像是北京的大街。怎么回事？怎么回事？才刚刚半个月不到，就发生这么大变化？人哪去了？车都哪去了？怎么北京的大街一下子就空旷安静起来了？

他有些不习惯，有些不适应。路上没什么车，每辆车之间的间距加大。没有警察。没有障碍，超速起来也没人管，埋伏路口监视探头好像也关闭了。上了国贸桥，奔建国门桥方向开，时速甚至达到了 80 迈，也仍然跑得起来。往常，高峰时段这里的速度也就能开到 10 迈、20 迈。他都已经习惯了在北京三环以内的道路上经常以每小时 10 千米的速度蜗行。现在，怎么会这样？在城市的中心地带，最繁华的地区，前前后后，连个车影都不见？

北京啊北京！你怎么会变成这样？！

他摇下车窗玻璃，让北京大街上5月的微风吹拂进来，让建国门大街5月的花香飘袭入内。那红墙绿瓦，玉树繁花，美丽的长安大街驶入他的眼帘。那碑，那墙，那楼，那瓦，那随风而舞的旗帜，那仍有余“香”绕梁的玉兰花，那宽广的大道，快速地近了、近了。他由衷地感叹：又看见你了！又回来了！又可以自由行驶在这条街上了！回来多么好！自由多么好！

重获自由多么好啊！

望着熟悉的街景，他的眼睛湿润了，突然有了大哭一场的欲望。

他知道自己其实是个内心很脆弱的人。岁数越大，越一天天脆弱。他控制不了自己。他的脆弱，有一半是由于长期单身生活造成的，生活景况单一，承受能力差，没有人可以替他分担压力。这种时候，特别需要些柴米油盐充满烟火气的日常生活，还有老婆的唠叨、孩子的哭闹声、家长里短的琐碎，把他从虚无缥缈中拽下来，拉他落到实地，把他过分敏感的神经磨钝一下。老婆孩子家长里短的唠叨，其实是对男人最有效的安抚镇静剂，它能麻痹舒缓人在商场、职场激战中过分绷紧的神经，把人拽落到最日常、实际的生活中来，也使人不再务虚。

可惜他没有这些，所有的压力他都得自己承受着。

与此同时，梁丽茹领着女儿正在从机场回家的路上。

首都机场戒备森严。不光首都机场戒备森严，就连她们出发时的沈城机场也煞有介事，一副检查严格的样子。进得门去先要测体温，然后要填健康检查表，写明乘客的详细通讯地址和联络方式，接着才能去办理登机手续。机场出港处的工作人员神情疲沓，显然没有入港处的工作人员监察严格。可也是，人只要一离开此地，有病也是回到你们北京去，反正不是病在沈城这边就行。

飞往北京的机舱里，一半人还没坐满，人人都戴着口罩，捂得很严。这种时候，不是万不得已，有非办不可的事情，没有人愿意前往北京。

梁丽茹戴了一会儿口罩，就摘下来，闷得厉害，不是个好滋味。已经五月天了，空气开始燥热，脸上再那么一捂，呼吸不畅通，能好受吗？索性摘下来，她想：我是北京人我怕什么？还戴口罩干什么？

这种属于北京式的流氓阿Q心理一上来，自己都觉得可笑，心说：自己什么时候变成这样了？都是这一路被人喊打驱逐给闹的，导致心理变态，时时有北京人的委屈报复心理。

自己不戴口罩，却督促着身边的女儿豆豆，让她把口罩戴好。这多少有点可笑，母女俩其实是一损俱损，一旦得上，谁也跑不了。梁丽茹爱子心切，一时也有点蒙了，没把道理想得那么清醒。临回来前，大妹小妹都塞给她不少口罩，有单位发的，也有自己买的，足够她和豆豆戴上一年。她们说：姐，你全带走，拿北京戴去吧，我们这里也用不上了。

这话听着怪气人的。梁丽茹为了不辜负她们一片好心，只好全都装在包里背了回来。

不到一个小时的空中行程，一点声响都没有。飞机里的人神情肃穆，没有人聊天说话。空姐过来给分发食物，结果却是人人都给吃不吃，给喝不喝，乘客全都尽量不用手接触公共物品，不用手去接被别人的手递过来的食物。机上服务人员又一次来分发健康检查表，又给众人用手持红外线仪来量体温。空姐的动作很不规范，用那把类似手枪形状的测温仪在每人耳朵上测体温时，仪器总是碰到人的耳朵上，接着再去量下一个，又碰着了下一个人的耳朵。一个乘客提醒了她一下，说：小姐你这是测体温呢还是想造成交叉感染？空姐这才明白过来似的，量下一个乘客时就离得远了一点，不让“手枪”接触到乘客的皮肤。在她量过以后，梁丽茹赶紧拿出消毒湿纸巾给豆豆和自己的耳朵都使劲擦了一遍。

其实这也完全是心理作用。如果这机舱里真的有一个“非典”患者，那就几乎是谁也躲不过，也就只有认命了。

飞机预告再有 15 分钟就要在北京落地。梁丽茹的心里又隐隐地紧张：又回疫区了。

“疫区”这个被世界卫生组织无情命名和划定的地方，听起来就令人寒噤。人们的表情也都跟她一样泛着紧张。飞机落地，停稳，人们都检查了一下自己的口罩，看戴没戴好，这才敢一脚出舱。梁丽茹这时也把口罩戴上，又把豆豆的口罩往上提了提。从舱里出来，上了机场的转运大巴，每个戴上了口罩的人，都站得离别人远远的。

到了机场大厅门口，转运大巴把他们放下。一进入旅客到达通道里，梁丽茹就惊呆了：这是首都机场吗？是昔日繁华热闹的首都机场吗？

通道上没有人，就他们这一航班稀稀拉拉的一队人。从二楼经过漫长的传送带走到一楼，都没有人。下到一层，到了行李传送带旁，更是吃惊。空荡荡的，整个到达大厅内都空荡荡的。这绝对是前所未有的空空荡荡。空空荡荡。不知该如何描述这空空荡荡，比空空荡荡本身还要空空荡荡。有点吓人。令人吃惊。只有他们眼前这条传送带在空转，别的五六条传送带都停着，因为没有人来，没有行李可传送，没有到达航班。

大厅出口的玻璃门外，以前至少还能看见前来接机的人，现在什么也没有，只有一个戴口罩的警卫，叉开腿，严肃地站在那儿。一个就够了，因为没有人。整个机场，里外都没有人。

这叫什么？

这是梁丽茹在北京外围从西南到东北游弋了二十来天后，第一次回到北京、回到疫区时所见的第一眼情景。

看得她心里空落落的。

她拉着行李箱，领着豆豆往外走，验过行李票，出了玻璃门，还是没有人。空空荡荡。再走，出大门，见大门口站着一队穿绿衣服的警卫，隔几步一个，像防化部队的，有的脸朝里背朝外，有的背朝里脸朝外，花插着站着，监视人流。他们身边被拉上了黄色警戒线，不让人们靠近。零星来接机的人，就只得站在黄线一百米之外，等待，往里张望。

怪不得机场整个大厅里面都没有人，原来人都被拦在了门外。

没有人来接她们娘儿俩。她们就拉着行李箱进的士车站打车。这时候打车也不用排队，人少，车也不多。车在等人，上去就走。

司机帮她们把箱子放进后备厢。一看，车前窗上都贴着不干胶标识：本车已消毒。下面写着当天的日期。顾客一上车，司机立即把挂在下巴上的口罩戴上，接着摁下车窗。

梁丽茹本来就有点心里不落底，司机的这些动作未免更加令人紧张。她就牵着豆豆一起坐到后排座，并嘱咐豆豆，坐在车上手不要乱摸。

车子驶出了机场。司机很想跟人说话，梁丽茹也很想知道北京现在到底怎么样了。隔着口罩，他们一前一后瓮声瓮气地交谈。司机说："非典"一闹，外地人全走了，本地人也不出门。就是出门，也很少乘坐公共交通工具，都是自己开车。出租车拉不出活来，这个月的份子钱公司一律给免了。

梁丽茹说：哦，那你们公司管理还很人性化啊！

司机说：唉，要不也没办法。这也是市政府的统一要求，不光营运车辆，就连餐饮业这个月也给免税。

哦。梁丽茹思忖，看来要有相当一段日子没法出门吃饭了。

一路上，她看着熟悉的街景，路上萧条寂寥的景象，内心感慨。街上的车很少，现在还没到中午，往常正是车水马龙的时刻。四处静悄悄的，寂寥、空旷，让人怀疑这还是不是北京。一马平川、不见车辆的机场高速路，也让她想起美国的高速公路。三环二环万户萧疏，让她想起张家港，那年她去张家港，一个当时刚建起来不久的小城，正在被树成模范典型，那个小城就像从地底下一夜冒出来的一样，街上没有人，一个人影也没有，只有道路两边的二层小楼，黑白相间的南方小楼一座挨着一座，像积木，有点鬼气森森。

北京现在也是，没有人，没有人气。

一丝忧郁、恐惧，不知不觉又袭上心来。

豆豆则张大好奇的眼睛，惊异地注视着这一切。

车子走到三环附近的立交桥下，她们的车，跟顾跃进的车，曾经迎面走来，交会而过。

然而他们却注定不能相见，不能相聚。

茫茫都市，茫茫人海，人们很容易失散。即便是路上没人，没有车，人们之间也仍然是碰面不相识。

梁丽茹带着女儿终于回到了家。久违的家。一进屋，扑面的灰尘，简直不知从哪里下脚。原来她没计划出门这么久的，她养的那些植物，出门前都在把花盆套坐在注满清水的面盆里，预备下的那些水足够植物们喝上十几天，大概够喝到她结束云南之行回来。哪想到，这一出去就是这么久。梁丽茹最担心家里的花儿会死掉，那些都是她所钟爱的，像养孩子一样一点点养大的花儿，日夜不停地陪伴着她，出门以后也常牵动她的心。梁丽茹洗过手，换过衣服，第一件事，她就是赶紧去阳台落地窗前看她的宝贝花儿。

老天！她的亲爱的花儿们藤们叶们、仙人掌们、巴西木龟背竹们竟还都健康旺盛地活着！仙人掌类自不必说，本来就是耐旱植物，那些阴生植物竟也还美丽地活着，很懂得节约似的一小口一小口喝着水，一直坚持绿到她回家来。那株散尾葵外层的叶子已经枯萎了，然而里层却奋力抽出嫩绿的新枝来。尤其是那两盆喝水特重、平时她特别娇贵的洋杜鹃，不仅没有死，而且居然还开花了！！！浓艳艳的粉红色花朵挂满了枝头，竞相斗艳！她觉得那些花朵个个像是小孩子，张开一瓣瓣美丽的小嘴，一齐朝她喊妈妈。她充满爱意地一朵一朵地检查着她们，凝视着她们，心里泛起一片片感动的涟漪。哦，宝贝！你们熬过了这么残酷的日子都没有死，还在勃发生机，你们一定会有好运气的！

花开浓艳，是好兆头！可真是个好兆头啊！

豆豆看见花开也很高兴，她在家里受姥爷的影响，也喜欢养花。豆豆自告奋勇要给花儿换水。梁丽茹就去清理房间，给豆豆煮饭。

临回来时姥姥就知道她们初进家门会空锅冷灶，于是早早就在家里给煎好了带鱼，是豆豆最爱吃的，让梁丽茹随身带了来。还给她们随身带了法式面包，也是梁丽茹和女儿平时都爱吃的嚼谷。唉，世上只有妈妈好，有妈的孩子像个宝。这话说得真不错。家里有个妈妈疼着就是好。梁丽茹打开炉火煮了点粥，就着面包和鱼，娘儿俩简单地把午饭吃下。

眼看一切都拾掇好了，也给娘家打过电话报了平安。梁丽茹让豆豆自己先休息，睡会儿，待在屋里哪儿也不许去。她自己则要去超市买东西，顺便也要去学校一趟。

出门前，豆豆喊住她，说：妈，我想跟你商量点事……

梁丽茹说:说吧,什么事?

豆豆说:我想给我爸打个电话。

梁丽茹说:打吧。这还用跟我商量吗?你以前打电话也没跟我商量啊,今天这是怎么啦?

豆豆说:我……我是怕你不高兴。以前……以前不是在姥姥家打的嘛。

梁丽茹爱抚地摸了一下她头发:傻丫头。去打吧。好好看家。我走啦。

梁丽茹说完,换好鞋,关上门出去了。她心里忽然涌起一股说不清的滋味。真的,顾跃进那王八蛋怎么样了?是死是活?没到处乱窜被染上吧?要不要给他打个电话问问?又一想,算了,凭什么我给他打?"非典"闹得这么厉害,他都不主动打电话问问我,我反倒要去主动关心他,嚓,真是的。吃饱了撑得我。

连恨带爱,怨气冲天。啥也别说了。一个人戴好口罩,出门直奔超市。

北京比沈城暖和得多,差五六度的样子。街上偶尔走过的一两个行人,穿得都很单薄,姑娘们也穿上了薄裙。超市里同样也是空荡荡的,货柜上的物品齐全,琳琅满目,却因为没有人光顾,一时显得萧索。进来购物的人,也都是戴着大白口罩,匆匆来,又匆匆去,匆匆直奔所要找的物区,匆匆从货架上把东西拿下来就走,绝不多做一分钟的停留。

只有梁丽茹这时并不感到害怕。买完了东西,她悠然自得地在大街上走,一路走一路逛着。5 月阳光耀眼,街上景物明亮。多少天都没能自由自在地出来走路散步了？

身在疫区，真自由啊！梁丽茹心里深深感叹一声，趾高气扬、大摇大摆地在街上走路。

她再也不会被人人喊打围追堵截了。都是北京人，谁也别嫌弃谁。

于盈盈此时也正走在去电视台的路上。远远看去，立交桥上一个长发飘飘的女孩子，穿着一条果绿色的清新飘逸的长裙，一件白上衣，左手掌心里永远握着一只手机，走路一会儿低头，一会儿抬头，不断翻看着，然后好像不知为什么事情乐癫了，一个人又蹦又跳，大喊大叫。原本总是挤满卖小杂货和盗版碟小商小贩的立交桥上，此时竟也空空如也，只有那个女孩子长发如墨，红丝巾像火。喊叫蹦跳一会儿，她又停下来，大口大口喘气，往肺里倒腾自由新鲜空气，同时有点顽皮地冲四周空气号叫："非典"，你给我出来！你到底在哪儿？你给我说说你到底在哪儿！

"非典"那玩意儿它们在哪里？真是看不见，摸不着。站在立交桥上望去，5 月北京晴和的天空下，鲜花开满大道两旁。樱桃败了，还有桃花；紫丁香灭了，还有槐花和柳絮。路上没有什么车，能看见广阔的大路和清晰的道路黄白标线，一直寂静地延展到远方。远处的一座座摩天大楼的轮廓那么清晰、宁静，离远看着都像伸入天空的布景。从立交桥附近一个三层楼高的饭店顶上，垂下一个巨幅红色标语，上面用斗大的黄字醒目地写着：

热烈庆祝食府员工张福贵排除疑似“非典”(属于普通肺炎)!

于盈盈看后哈哈大笑,觉得万分滑稽,转而又变成一脸庄严。谁曾因为“非典”被隔离过,受牵连,然后又被解放,谁就会知道,这欢呼是发自内心的、由衷的,是躲过生命一劫的喜悦,也是重获自由的狂喊。想想,写这条幅的人一定也跟自己一样,经历了漫长郁闷的隔离期考验。

活着真好呵!自由真好呵!

在三环立交桥附近的大道上,顾跃进、梁丽茹、于盈盈几人曾经有过那么一刻的交会。

于盈盈在桥上,欢呼雀跃,蹦跳,打手机;顾跃进的车从南向北;梁丽茹和女儿的出租车从北向南。他们的车,就那么擦肩而过;他们在桥上桥下,就那么一闪而过。

他们交会,然后分离。

漫漫人生,茫茫都市,有多少人就在片刻间擦肩而过,有多少人相遇不相识,有多少亲人见面不能相会。

而分离,是如此容易。亲人,朋友,爱人,很容易就迷失,走散,分离。

梁丽茹回到学校。大门口也是戒备森严,学生们早已经被隔离在校园内,不得随便出门。

对于不得不进出学校的教职员工和家属们，每次进门必须得量体温，出示进门证，方才能进去。她原以为，校园被隔离后，学生们会有悲悲戚戚的表情和心绪，哪想到，一宣布隔离，关起校门不准出去以后，学生们简直乐癫了！一大群从18岁到22岁之间的大孩子，每日给关在校园内，天天搞联欢会，上网，打球，看电视，瞎玩，谈恋爱，简直乐不可支。为了稳定这段时期内学生的情绪，学校食堂改善伙食，每天换着花样地炒菜做饭。学校的期中考试从简，全都变成开卷。毕业生答辩也网开一面，提问问题简单，要求答辩尽量在露天环境下进行，负责答辩的委员也尽量不外请，主要由本校老师担任。

个别几个在宣布隔离以后仍旧跳墙逃跑回家的学生，校方已经给了纪律处分，劝退之后留校察看一年。处分就处分，学生们也不以为意，为这事被处分也没有什么可丢人的。家长们却觉得面子上有些过不去，打电话因此来求过情，认为学生面临疫情时往家逃跑这是人之常情，学校的处分太重了。但是校方领导商议一下以后，还是认为处分一下也是应该的，因为隔离还在进行，不这样强调一下纪律，接下来局面就无法控制，还指不定会有多少逃跑的男生女生会在半夜里手拉手地跳墙。至于以后会不会将处分撤销，等过了这一段非常时期以后再说。

而那些在宣布隔离以前就已经以各种借口走掉的（有的是被外地家长开车来接走的，请假谎称母亲得病什么什么的；有的是宣称自己在外地联系好了实习单位，必须得过去干活；等等），学校还没最后决定是否给他们处分，以及到底给什么处分，只是纷纷发函，告知他们暂时不要回京，什么时候回来，等候通知。

走在下午的校园里，满眼阳光，满目青春，根本感受不到“非典”的存在以及所带来的影响。岸边垂柳青青，湖中倒影扶疏。潺潺流水，清冽而过，水边方凳上，依偎着一对对谈恋爱的男女学生。操场和宿舍那边，歌声、笑声、嬉闹欢呼声一阵一阵传来。一大群男生正在操场上踢足球，两个班级的学生在篮球场上打友谊比赛，口琴声、歌声、吉他声从学生宿舍传来。真是少年不知愁滋味啊！

梁丽茹对于大学生们的认识，也经历了很大的转变过程。以前出于职业习惯，她也刻板地认为大学生就应该是条例上写的那样，有理想有抱负有志气的成熟青年、国家栋梁什么的。等到自己的孩子渐渐长大，也长到大学生这么大以后，她再去看眼前这一茬走一茬来的学生，目光却渐渐不同了，有了母性的味道。她以一个母性的包容，去重新打量自己的孩子和别人的孩子，体会到所谓大学生，只不过就是一群和女儿豆豆差不多大的毛孩子，从中学直接进入大学校园里来，刚过了青春期，世界观尚未定型，对什么事情都只知皮毛，半懂不懂，得到的一点知识，全来自书本。其中有一些考了高分的学生更惨，在青春生长发育期时被高考严重压抑，被中学的应试教育严重压抑，心理和生理发育都显得不足，以至于到了大学校园相对宽松的环境之后才刚开始发育，才开始来例假、开始遗精、开始长个儿。梁丽茹看着觉得他们真是不容易。

况且，这一拨又一拨孩子又都是独生子女，心理的成熟和独立更缓慢、更需要时间，也更需要老师们的引导和帮忙，自己应该像帮助自家孩子一样，对他们不应该太苛刻。

这些道理，她在大会小会上也跟老师们讲过，可是有几个人能充分理解就不好说了。

梁丽茹先到了自己系里的那栋楼，直接去主任办公室，跟值班的副主任打招呼，问了问系里情况。他们系还好，学生都比较老实，跳墙逃跑的学生都是工经和财贸两个系的。他们系目前还没有人受处分。梁丽茹跟他道了辛苦，自己也不必多问什么，就仿佛联合国轮值主席，没轮到你当值，就不好多插嘴干涉。

了解了大概情况，也销了假报过到，梁丽茹又来到系办，有好些老师都在那儿。今天恰巧是每周固定的返校学习日，按往常的规矩，不管有课没课的教师，逢到这个日子都要来，看看系里有没有什么事情，顺便拿拿报纸和信件，报销医药费、差旅费什么的。这段时间属于特殊时期，系里也就不要求全来了，谁有事谁来。因为刚过完五一，来办事的老师还是非常多。梁丽茹开信箱，取信，和各位老师打招呼、寒暄。一抬眼，透过人群，梁丽茹就在各种各样的人影交错、各种各样的人声嘈杂当中，一眼捉见了董强，那个董强，健康明朗、青春酷靓的董强，穿着一身伦敦风名牌休闲服，脸上仍有青春的不羁和痴顽。

董强说：回来了？

梁丽茹说：回来了。

董强说：都挺好的？

梁丽茹说：挺好的。

又说：你呢？也挺好的。

董强说：嗯，还行。

他们对视，笑。在众人之中，寻到了以后，那么惊鸿一瞥，紧紧咬定、注视、凝望而笑。是默许、默契，也是关怀、问候、抚慰与相知。

笃定和踏实。

是甜。

是两个成年人的好，放心，踏实。

梁丽茹纳闷：这些日子里，竟没有想起董强，甚至都曾想起过顾跃进，也不曾想起过董强。

一想，顾跃进对待其他玩伴，也是相应态度吧。

她摇摇头，去掉这种荒唐联想。

她以自己的好来推测别人的好，心里就有了平衡，也有了舒缓。似是懂了，理解了。成年人的游戏规则。

不管怎样，她都感激董强，感激他抚慰了她的身心，让她更自信，对男女关系有了深入肌肤的体会。

至于以后，她想，一切都不会因此而改变。

生活还在继续。“非典”也在继续。人们还须相互扶持着向前。

8

顾跃进结束隔离的三天以后,就出现了感冒不适症状,发烧、流鼻涕、头疼。

他在隔离出来之后发现,整个公司业务都处于停顿状态,不光他们,几乎所有行业都不景气,不同程度地受到了“非典”的影响。他出来以后的第一件事,就是回公司。一走进那个往日威严气派的写字楼,消毒水的气味迎面而来。大楼里空荡荡的,全不见往日热气腾腾人员进出的景象,像从阳光灿烂的早晨一下子跌入阴晦潮湿的夜晚,一片凄凉。几乎所有在这里办公的公司都放假歇班了。楼玻璃门上贴的“推销者请勿进入”的条子,也形同摆设。没有人来上门推销了,请都请不来。

进了他公司所在的 B 座 21 楼层,一个个写字间里,职员们都不在,只有副总和秘书在值班。副总见了他来,颇有点意外,忙问:顾总今天怎么来了?您母亲的病好点了没有?他回答说:没事了。因为不放心公司里的情况,所以才赶了回来。又问“帝都烟云”的销售情况怎么样了,副总回答说:毫无进展,一切都停顿了,股市楼市什么的全都停了。什么时候恢复,一时还说不上,公司现在没法做进一步的促销。

顾跃进回到自己的老总办公室,在自己的老板椅上坐了一坐。

望着摩天楼下空旷的长街，顾跃进心里也是空落落的。想了一想，他顺手拨了几个电话，都是熟悉的朋友，说自己回来了，假装问候一番。十几天来，都是别人主动打电话问候他，这是他头一次有心情主动向别人表示问候。他发现被呼叫的人都不在各自办公室，电话全都是打到了手机上。他们一看到显示出的是顾总办公室的来电号码，都表示惊讶，回电话说：顾总，都这时候了，你怎么还在料理公务啊？那些人在郊区的在郊区，在外地的在外地，还有的是不知跟谁躲在哪儿的，神神秘秘，不肯泄露方位，没有谁还待在城里办公。顾总说：是啊，是啊，放心不下，过来看看。

其实他很想跟人说：晚上有空没有？出来，一起吃个饭吧。看到这种情况，听到众人所处的方位，他又把到嘴边的邀请咽了下去。这会儿人们都怀忧惧之心，谁跟谁也不愿意见面，都怕被传染。朋友之间也只能相互之间打个电话联络。

他没想到被隔离了十多天，离开正常世界十多天，这世界就变得不正常了。不正常的程度超出了他的想象。

可是他真的是怀念啊！真是想！酒桌上推杯换盏、觥筹交错的人味，喧哗的人味，主宰沉浮、挥斥方遒的人味。他怀念人味，怀念那种熟悉的生活。

好久没聚会了，好久没有闻到人味了，如今这个时候又找不到人，没有人能出来跟他吃一顿。

没办法，想了想，他只好打电话找到二柱子，说晚上陪他出去吃点饭。二柱子说：哥，现在饭馆都歇业关门了，没有人到那里头去。要不，请你到家来，让丫蛋她妈给整点啥，我陪哥咱俩喝两杯。

顾跃进一听就泄气了，心说：那个农村妇女，能整出个啥？再说二柱子家住的那个地方，也跟他刚逃离出来的那个鬼地方差不多，人住得杂，容易染病，别一不小心又给圈里头去。

于是他就说：那就算了，别麻烦弟媳妇了。

放下电话，他还是不死心，心说：我现在去哪？不能就这么见不到人就回去啊。回去不也是自个儿待着，也跟隔离似的？若在平常，他自己独住的那个所谓家，也只是晚上睡觉时回去一下，哪有这么早回家去的？回去干吗啊？

他还在打电话，拼命地找，心说：我真就连个能一起吃饭的朋友都没有了吗？越是这个时候，应该越是见人心哪！平常那些假称跟我好、一味称兄道弟的朋友，就应该奋不顾身出来陪我才对，危急时刻，才能真正见出个好来。

由于顾跃进一直处于隔离状态，根本不了解这市面上的风气，人们早早就不敢聚会，早早就各自为战，纷纷躲起来保命要紧了。只不过他还不知道，还没来得及深入体会罢了，所以就一厢情愿，以为是自己人缘有问题，还担心是自己被隔离的事漏了出去，众人都不愿意跟他玩了呢。

他锲而不舍，还把电话打到了住在郊区别墅的朋友那里，问能不能一起吃个饭。朋友说：好啊！顾总要吃饭，咱能不吃吗？顾跃进一听有戏，忙说：那咱们去哪？朋友说：当然是您来我这里，在水库边上，青山绿水，空气新鲜。我给您叫上几条水库新打上来的罗非鱼。

顾跃进说：那好啊！我马上开车过去。

等等,朋友拦住他,说,顾总,您一旦出了城,可就回不去了,就得待这儿,等于是隔离。现在就连北京郊区也把上了大门,也不让城里城外人口来回流动。

什么?

顾跃进一惊,然后泄气。这叫个什么事!

朋友说:没关系,顾总,您既然出来了,就别回去,住我这里吧……

顾跃进垂头丧气地说:那就算了吧,改日吧。

这是怎么说的呢?顾跃进放下手里的电话,心情沮丧灰颓。眼看夕阳如一团巨大火球,在宽大的玻璃窗外面一点一点落下。他实在没兴趣现在就回家。想了想,又随手操起电话,骚扰一个平时跟他关系很铁的,也是做生意的老乡朋友,二话不说,也不客气了,大嗓门道:你要是个爷们,你就跟我出去吃一顿饭!

还好,老乡朋友到底是实在,也大叫了一声:顾总,我今天就舍命陪君子,跟你冒死"吃河豚"一次!

顾跃进听着来气,心说:跟我吃顿饭还成了"吃河豚"了,嚓!这世界,都成什么样了!

不是我不明白,这世界变化快。

其实那位铁杆朋友也是因为在家憋得太久,有点憋不住了。他们这群社会中坚是属于天天声色犬马、靠夜生活来消磨光阴放松神经的人,冷不丁一下子憋在家里,实在是难以适应。

二人说好,到一个海鲜酒楼见面,也就是顾跃进被隔离前招待网络 CEO 的那个海鲜渔港。

顾跃进到那里时，铁杆朋友恰好也刚到。两人在停车场从车门一钻出来就碰上了，因为停车场上空空荡荡，能够容纳四五十辆车的门前停车场没有什么车，就他们俩。

想想，平常想来这里，必须打电话提前订位，到了以后还经常碰到没有停车位的情况。门前看车车童就想出了歪招，他们一看哪些人开的车不太好，比方说面包捷达奥拓什么的，就叫人家泊车后不要拉手刹，说要随时推车倒位。食客不明就里，也就由着他们。等到再来了奔驰、宝马没有位置停了，车童就把前边这些普通车型，用人力暂时给推到一边过道上去停着，哪有空儿就先给搁到哪儿，空出来的正经宽敞车位来给阔佬们的车进去。

这是一个显然比较缺德的办法。一般情况下，吃完酒出来的人，都醉醺醺、迷迷糊糊的，被车童带着去找车，停车场黑压压一片，也看不明白什么。车童还会假装万分热情地迎前迎后，帮着调车倒车。食客们也觉不出什么。人们就是知道了，也懒得跟他们计较，反正饭也吃完了，开车走人算了。

这会儿，这一套都用不上了。没几个人来吃饭。只有像顾跃进这种实在太憋闷、不怕死的，才要拼死也要一饱口福。

其实他们哪里是来饱什么口福啊？他们是来找生活来了。寻找他们因“非典”而失落的生活。

没什么人光顾，里面宽敞得很。顾跃进和那位老乡就在酒店一楼的大众座位上落座，推杯换盏，划拳行令。穿着旗袍的服务员小姐先是笑盈盈地过来，问：先生，两位要不要分餐？

“非典”时期，电视里、报纸上天天教导大家聚会吃饭时要实行分餐制,并且一定要将这个好习惯坚持下去,说是中国人聚会七个盘子八个碗地转桌合吃很不卫生、不科学,我们都要学会分餐,向西方看齐。

顾跃进一听却不乐意了,说:分什么餐分餐!要分餐还找人到你这里来吃干啥?那就自己一个人待在家里吃得了呗。别整那个景。上菜。

小姐又请他们上二楼包间,他们不去,说是要坐在通风处,离大门口近,来回风吹着,染不上“非典”。两人喝了两瓶五粮液,直喝到深夜,喝够数落够闹够,两个人宣泄够了,然后各自打电话叫来自己的司机开车,把二人送回家。

这一天,终于又过去了。顾跃进幸福无忧地飘忽,沉浸在酒精的迷醉里。虽然就只跟一个人喝了酒,那毕竟也叫跟人在一起了啊!毕竟也是进了一回人类的酒店。他这么飘飘忽忽地想。隔离的这段日子,他几乎忘了正常的酒是什么滋味,正常的人味是个什么味。

二柱子开车把他送到家,然后就回去了。顾跃进一进家门,还好楼上、楼下、锅碗瓢盆、里里外外已经是窗明几净锃明瓦亮地欢迎他了。

昨天他已经打电话提前告诉二柱子今天他回家,让二柱子媳妇先去家里搞一次清洁。自从二柱子媳妇也过北京来之后,顾跃进家里的保洁,就交给她定期做了。屋子太大,搞一次清洁不容易,一个人楼上楼下都擦遍的话,大概也得有个一天半晌的。二柱子媳妇毕竟是自己家里的亲戚,实在,把家里钥匙给她,放心,不用看着，也不会担心偷东西。进了门，她就一个人在那慢慢干着，也没人给她计时，放松得很，活也干得踏实，月底一块给她结账。

而在以前，就因为家里打扫卫生的事，闹得顾跃进很头疼。以前花钱请来社区“三八服务公司”的保洁工来打扫卫生，家里必须留人盯着，就这样还挡不住她们顺手牵羊偷东西。顾跃进家里摆的那些坛坛罐罐小玩意儿也没个数，看着不起眼，却都价格不菲，当时丢了也不知道，过后发现时再找，早已找不到了。这事很让他懊恼。再说，他自己又没有那个耐性和时间看着这些个老娘们儿打扫卫生。

最为可气的是，打扫卫生的老娘们儿一旦干油了，就学会磨洋工，两个小时就擦完的地板，她一定要给拖到五个小时，赚取小时费。顾跃进发现这个现象后，马上想出对策，一进门就先说好，你就给我擦这地板，两个小时必须给我干完走人，我付你五个小时的劳务费。

小时工磨洋工的问题解决了，偷东西的问题没法避免。二柱子过来后，在这方面也帮了他忙，每次来打扫，就让二柱子给看着。等到二柱子媳妇也过来，就更好办了，就由他媳妇帮助打扫，工钱照付，算解决了顾跃进一大心患。

日常生活，很折磨人，也很消磨人的。而且净在一些看着不起眼的小事上折磨人、消耗人。即使是一个人的日常生活，那不叫个生活啊！支起的架子越大，在小事上的烦恼越多。顾跃进一个人买了房子、造了家之后，他才体会到，当家过日子真不容易，全是一点一滴的小破事，却又丝毫马虎不得。一马虎，就不知会出现什么大问题，诸如她们把他哪个瓷瓶擦碎了，一不留神，就说不定把他收藏的哪个古玩顺出去了。

以前他可真没有想到。以前他从来不管家里的事，都是放手交给梁丽茹管。他当初埋怨梁丽茹黄脸婆、爱唠叨，表示不能忍受的时候，确实是没有想到，家长里短的日常小事这么容易让人烦躁，这么容易改变人的脾气。

有时他也良心发现地想：也许，自己对梁丽茹的埋怨是不公平的。如果把自己这么圈在家里，天天洗衣、做饭、打扫房间、带孩子，试试，几天下来，也得玩儿完。家务事就是如此循环往复、单调无聊、没有创造性。谁总干这个，谁也肯定会变得胸无大志、心量狭小、牢骚絮叨、皮糙脸黄。

唉。什么叫生活质量？是一无所有万事不操心，想干什么抬腿就走叫生活质量，还是仓廪实人富足，却战战兢兢什么也放不下才叫质量？

这是一个辩证法的问题，哲学的问题。

睡了一宿踏实觉。到底还是得在自己家，在熟悉的环境里，脑袋一沾枕头，就睡着了，那才叫个香！自己打没打呼噜只有鬼知道。人到了一定岁数以后，就不应该总是改变睡觉地点，那样对自己的身体没有多大好处。他是在哪个杂志上看到这么说来着。也许有道理。

第二天起得晚。他先从银行卡里取了点现金交给二柱子，还他的买手机买东西的钱，另外还给多加了不少。二柱子不接，说：

哥，你不用给我这么多。顾跃进说：哥给你的，就拿着吧。哥也就指望你啦。说得二柱子心里感动吧嚓的，把车子开得更稳了。然后又开车去楼盘转了转，看看情况。真冷清啊！售楼处也上了锁，只有大门口两个小保安还在坚持值班，看那样子年纪不大，农村来的小孩，也就二十出头的样子，都穿着制服，像模像样的，是从保安公司雇来给看门的，“非典”时期他们也没有走。他们说回去也是没事干，还不如在这儿多挣点加班费。

顾跃进鼓励了他们几句，说他们没有像别人一样跑回家，还主动坚持在第一线，是好样的，并让他们都坚持戴口罩：无论有人没人，都得戴上，风也会把“非典”病毒刮过来，听见了没有？小保安说：听见了。我们一定照顾总说的办。顾跃进知道自己这是顺口瞎说，但是他愿意听小保安说几句服从的话。然后他又说：要坚持到底。我马上让财务给你们发加班的奖金，要立即发。小保安立刻立正，说：谢谢顾总！

四处转了一转，到晚上，顾跃进又让二柱子陪着到饭店里吃了一顿湖南菜。二柱子不喝酒，饭也就吃得很简单。吃完，他想了想，实在没有地方可去，没什么娱乐节目了，叫谁谁也不出来，只好叫二柱子送他回家。

一晚上，他看看电视，打打电话，没有了夜生活，百无聊赖的，也只好早早就睡了。也没发现什么不对。第二天早起，却感觉有点不对劲，头晕，浑身没劲。第一个念头，就是担心是不是感冒了。

这个时节，得什么病都行，就是别感冒。一旦感冒发烧，进医院，立刻就给关进发烧门诊隔离观察。顾跃进赶紧下地，自己找了两包感冒冲剂先喝下去，又躺回来，观察一下效果。

结果却不知怎么的，不喝还好，一喝完，反倒鼻涕眼泪的，把那些感冒症状都引出来了。

他立刻感到浑身都难受，像是发烧的样子。

这下他可有点担心了。他脑子里一忽悠，心说：能不能是“非典”？隔离在那个小破楼里，“非典”病菌四处蔓延，难保被传上。

不，不会吧，消毒措施那么完善，不会那么容易就被染上。

也许只是一次普通感冒，在于盈盈家隔离时，还能硬挺着，仿佛出差，有在路上的感觉，脑神经绷得紧，没敢垮下来。一旦回到自己的窝里，到了熟悉的环境下，有了安全感，一下子松弛下来，然后就虚火上升，引起发烧？

嗯，有可能，很有可能。

如果……如果真是“非典”的话该怎么办？自己的命就这样交待了？自己还有多少事要办？

这么一想，恐惧，这时才漫天漫地地袭来。在于盈盈家被隔离时都还没有恐惧，只有气恼、憋闷。现在，回到自己家里，可以自由出入走动时，他反倒担心害怕起来。

他不安地躺着，神志清醒地想，医院肯定是不能去的，这时候，一到发烧科，就会被隔离起来。如果自己得的不是“非典”，隔离太冤、太可怕，尤其是医院那么个地方，没病也得隔离出病来。要真是“非典”，去也得死，不去也得亡。

他决定先在家里挺一挺，到最后关头，如果所有症状都跟“非典”相似，发烧也烧得人快要烂乎了，再去不迟。现打 120 去医院来得及。反正最后不就是个上呼吸机，再狂用激素吗？实际上靠的也是自身的免疫力。他在报纸上看到过“非典”急救方法。现在，他还是自己在家先抗一抗。

忐忑不安地躺了一天，顾跃进叫司机二柱子给买饭，就送到家门口，不用进门，放门外头就行。司机是个懂事理的人，也不问为啥，知道是顾总又不方便。一般情况下，顾总一旦不方便时，多半有了新的女人。这是他二柱子自己总结出的规律。他不多说，就是跟自己老婆也不说，也不多问，只是照顾跃进的吩咐去做，顾跃进要求他做什么，他就做什么，绝不少做半点，也绝不多做一步。这一点让顾跃进很满意。

他简单吃过一点晚饭，又把感冒药吃过，看了几眼电视新闻，都是白衣天使上前线的事迹，美伊战争的新闻哪个台也找不到，看着无趣，早早上床睡了。到了夜里 2 点多钟，忽然被冻醒，心想怎么这么冷啊？这个季节，应该是进入了夏季，不应该冷。况且，他还盖着冬天的厚被，薄被在柜子底下，还没有空拿出来。

他起来去卫生间放了一次水，顺便抽出床底抽屉里的毛毯压上，又睡去了。不行，还是冷，浑身缩成一团，冷得要打哆嗦。这回他知道不好，肯定是发烧。

忍了一会儿，看发冷没有停下来的意思，他又爬起来，穿着睡衣睡裤哆哆嗦嗦地下地，找出两片阿司匹林吞下，又躺回床上眯着。等待着药性发作，能把发烧镇下去。

望在黑沉沉的夜，一眼望不到边的夜，恐惧又开始冉冉上升，堵在他的胸口，似有千钧。这时候他太希望身边有个人，哪怕是什么也不用干，陪陪，只要身边有个活物、能说话的就好，就能帮他把千钧重压卸下，就能把恐惧和无助挪开。

单身生活，最怕得病。生病时最希望身边有人，会对人产生依赖。平常一到生病起不来床、万分孤独无助时，他甚至都想随便找个保姆娶了，只要她能在自己身边给端茶倒水递药煮粥就行。可转过头来又一想：当初自己老婆不就这么做的吗？自己衣来伸手饭来张口，病来时也有人给看护，老婆把自己伺候得够仔细的，到头来，自己却还是厌倦了，嫌弃了，不回去了。

病时，只有自己老婆、亲人，才会天经地义，守着伺候着。别人，都是客气，都是客情。人只有到有病动不了时，才特别想家，想有个亲人在身边。

但是没有。空荡荡的屋子，连个倒杯水的人都没有。

想了想，叫谁来都不合适，这种时候，说是发烧，吓着人家，再说，也是对别人负责，万一真是“非典”，岂不是害人？

不光是怕有病，平常，他还特怕出差。每次出差从外地回来，当飞机一冲入北京上空茫茫大雾中时，他的心情都不好。尤其是，赶上夜晚班机，出机场后，他一头扎进这个没人等待没人期盼的繁华都市，内心里的苍凉没法言喻。没有个抓挠，没个奔头。尽管他有上亿资产，北京城仍是空的，空落落的，不知投奔谁来。盖的那些房子虽然也都是他的，却就是没有一个家。

没有亲人的房子，不是家。

可一旦病好、生龙活虎时，重新徜徉在城市灯红酒绿纸醉金迷的花花世界里，他就把这些什么家不家的都忘记了，把所谓的孤独寂寞全都忘记了，只顾享受一个人的自由自在、无拘无束，享受没有老婆管、没有媳妇查的自由自在。

任何自由都是有代价的。

人也是最容易遗忘的动物。

第二天，他发现自己还是在发烧，恐惧不由得加大了。他没敢动窝，兀自闷闷地躺着。以前也这样，一旦发现自己要感冒时，他就赶紧抛开一切，老老实实跑回家里上床躺着，喝点开水和橘子汁，把大被一捂，屏气凝神，动员身体内部的免疫细胞向病毒发起冲击，将来犯的病菌镇压下去。

现在不灵了，主要是静不下心，总是觉得心里不落底似的，即便躺着，身体里的免疫细胞也没有有效出击，缺乏战斗力。

昏昏沉沉，眼看着他眼前那一件件价值连城的红木家具，那些价格不菲的官窑瓷瓶，那些个古玩、书画，它们没有一个能变成一个美女，或者一个护士，一个保姆，一个老婆，来给他做点饭，递杯水。

他想他的房间布局可能有点问题，当初完全是按健康人的意思布置的，卧室放在了楼上，他现在就连走下十几个台阶，下楼到厨房的饮水机前接杯开水都很吃力。二柱子给他送到门前的饭，他也要喘息凝神好一阵子，才能攒足力气，一步步下楼开门去拿。

身体衰弱时，200 多平方米的屋子间的距离简直成了累赘。这么大的屋子，不应该只一个人住，应该有一大家子人，老人孩子媳妇，楼上楼下地走动，闹、跑、喊叫，厨房也永远是热气腾腾，那才好，那才有生气，那才像个家样，才能体现出身为一个老板、一个成功人士的繁荣富庶，那才叫真正的“成功”。

现在，一个宛如单身的自由男人，他的家里有健身房，有麻将房，有电脑房，有书房，一旦他身体动不了的时候，哪个房他都进不了，哪个房他都不乐意进，他只能待在床上，房屋间的距离就成了负累，每走一寸都觉得吃力。尤其是觉得空旷、凄凉，每一寸空气都滋滋冒凉气、冒冷风。空空荡荡的，没有人气。

为什么他这回一出来，会觉得四处都空啊？从街道、大马路到渔港饭店，从单位再到家里，四处皆空，不见人影。他是多么渴望有人，渴望见到人，渴望跟人在一起啊！

到了第三天，烧还没退，只是保持在38℃左右。夜晚来临以后，烧得厉害了，烧到39.5℃，退烧药只能坚持有限的时间，一会儿，那热度就蹿上来。这回，在病中，跟以前感觉不一样，仿佛已是生死之际，大限已经来临。

这回他是真有点心惊了，恐怕自己真的是染上“非典”，将不久于人世了，开始想着应该安排一下后事了。一想，自己这才45岁啊！真就这么去了，不甘心啊！

45岁，活着的时候觉得够老了，若是死去，还真是显得有点太年轻。

一点一点回忆起自己的前世今生，回想自己的婚姻、家庭，痛感自己其实是个失败者，彻头彻尾的失败者。手中掌握上亿资产，却要在孤独之中默默走向死神。

他从床上撑起身体，勉强坐起身来，想写份遗书，把身后的事情大概嘱咐一下。最让他不放心的，是他的那些财产。他怎么也得有个说法。

好半天才翻出纸和笔。他已经许久不在家办公，不在家里写字了，这些用具都不知道搁在了哪儿。他反身又坐回床上，披着大被，想着从哪处落笔。他转念又一寻思：写了遗嘱也没什么用处，没有经过公证，不具有法律效力。

他把笔一甩，丢开，靠在床头费力地喘粗气。那些明处的财产：公司里的股份、房子、自己的收藏以及其他固定资产，且让后人分去吧，已经管不了那么多。该是自己的就是自己的，谁也抢不去夺不走；不是自己的，由着别人瓜分。自己庞大的资产，老家亲戚当中没有人能帮他管得了，他们都整不清。只有梁丽茹可以，别忘了她是经济学教授。谁想蒙她的话是蒙骗不了的。

然而一直以来他最想防的就是她，想防的就是有一天办离婚手续时她提出的分割财产的要求。

周围这种事情，见得太多了，打得头破血流、人仰马翻的太多了，为了财产打得家破人亡的也太多了。他看得心寒。他不得不防。他不得不留一手。

为此，他早已将个人财产做了有效转移。没有人知道。这个世界上没有任何一个人知道。如果他死了，那一部分个人私产就成了一堆废纸。

死去原知万事空。一生努力，究竟为谁啊？

最能证明身价的，是他的财产；最放心不下的，也是财产。

然而，当他在床上想找口水喝时，最没用的也是财产。

人都不能在夜晚想那些不开心的事。夜色会把悲哀无限扩大。高烧的谵妄又会加剧那种无助和恐惧。

他强撑着起身，想打电话，也很想见人。也许这就是最后的声音，也许这就是最后一面。

第一个电话，就是打给老家的妹妹，嘱咐她有关秘密财产的事。

告诉了她自己银行保险箱钥匙藏在了哪儿。密码就是咱娘的生日，他说。

他还一再嘱咐说：这事儿别让你嫂子知道，也别惊动了俺爹俺娘。以后家里爹娘养老，还有俺哥，全靠你了。你家小顺子上学的钱，哥也给备下了。

他妹子哭了，在那一头吓得有点哆嗦地说：哥你干啥呀哥？你别吓唬俺……

顾跃进说：傻妹子，我也就是这么说说，好让你放心，没事，真没啥事。哥就是想告诉你，那什么，钱够用，你和爹娘咱全家的钱都够用，哥是不想让你平时干活太累太辛苦。悠着点干，啊？

他妹子又泣不成声地说：哥，哥呀，要有啥事，你可一定告诉俺，跟俺说实话呀……

顾跃进强忍住眼泪说：没有，真没有……

放下电话，唏嘘不止。

拽出纸巾，擦了擦鼻子。又到卫生间，洗了把脸，调整好情绪，缓了一缓，这才重新拿起电话，打给豆豆，想最后听听女儿的声音。

虽然他跟梁丽茹夫妻关系破裂了，但跟豆豆的关系一直很不错。梁丽茹在这一点上做的让他感激，她从不教孩子恨父亲，也允许他们随时通话，随时来往。他坚持每月给豆豆生活费，坚决要尽一个做父亲的义务，同时也是为了行使自己当父亲的权利。刚开始闹僵那会儿，梁丽茹赌气不要，声称豆豆不认识这个父亲，她们娘儿俩没有他也照样生活，让他就跟那个小婊子过去吧！后来慢慢平静下来，她也就不再阻拦，主要是怕影响小孩子的身心健康。豆豆去姥姥家念书以前，顾跃进还一直坚持和豆豆单独见面，每逢周末都要带上豆豆出去玩，领她去高尔夫球场、跑马场那些富人们集中的地方去显摆。谁家要是有这样一个如花似玉的宝贝闺女，当爹的都会内心骄傲得要美死，在人前面子也争得足足的。豆豆一天天大了，明白了他的这一企图后，以后就再也不肯去，只同意他们父女俩单独见面吃饭。后来豆豆去外地姥姥家上了高中，他们爷儿俩就只能在豆豆放寒暑假回北京来时才能见上一面。

"非典"时期，豆豆马上又要面临高考，前两天她打电话告诉爸爸说她回来了，在妈妈家，还说很想老爸，想见见他。顾跃进没见，生怕自己身上带病菌害了孩子。

为了跟女儿通话方便，他早就给她配了手机，总是把电话打到她的手机上。

电话一响，豆豆立刻就接，一按下接听键，就高高兴兴叫了声：老爸！

顾跃进回了声：哎……

眼泪又差一点掉下来。

赶忙忍住，问点别的话。

豆豆说了自己复习的情况，并说已经去看过考场。

顾跃进说：丫头，好好考吧。放松点，考上考不上，老爸都会想法让你念书，而且要送你出国去念书。爸一定会让你上世界上最好的大学。

豆豆在那头噘着嘴撒娇说：哼，我才不会躺在老爸给铺就的金钱地毯上呢！我要凭个人本事吃饭。

顾跃进说：好样的。你能说出这话爸爸就放心了。老爸现在不方便去看你，老爸身在疫区，怕身上带菌传染给你。等你考完试那天，老爸再去考场接你。

好啊，老爸，你说话算数，一言为定！

顾跃进说：好，说话算数，一定算数。

放下电话，泪水真就流了出来。

他擦了擦，却越擦越多。自己坐在床边悄悄哭了一会儿。

他哭完了，又想要不要给梁丽茹打个电话。他犹豫了一下，最终没有打。

他能跟她说些什么呢？

他不知道该跟她说什么。

他还记得她的样子吗？模糊了，发烧烧得意识不清了。应该是记得吧，记得当年那个娇滴滴的女大学生，动不动就哭鼻子，有点什么事就哭，打扫卫生脚上扎了玻璃碴子吓得哭，结婚后说她一句她烧的饭不好吃也哭，也不知道是哭什么。可能是撒娇胆儿小，也可能是自尊心太强的缘故。他还记得那个穿了一身红衣的美丽的小新娘，糊里糊涂的小新娘，连新婚夜里该做什么都不太知道（当然，那时他也不太知道，他们就是糊糊涂涂地完成了走向新生活的第一夜），他也记得那个臃肿唠叨的孩子妈妈，整天累得披头散发脸也顾不上洗头也顾不上梳就去热奶洗尿布的孩子妈妈……

人生有许多东西，都不是那么容易忘却。

有谁能忘得了自己的初恋、初婚，忘记自己第一次当父母的感觉？

忘不了，想忘也忘不了。那是注入皮肤和血液里的年轮，随着年龄增长，涟漪会一圈一圈扩大，弥散。

他更忘不了她最后一次发狠：不能你说离婚就离婚，得我说离婚才能离！滚！

是，他滚了。他承认是他做得不对，让她觉得自己备受伤害。其实那以后受伤害的是他自己。他也得到了报应。

那个女孩子，他第一次产生婚外情的女孩子，眼看结婚无望，离他而去。经过这么惊天动地的一折腾，投入全部情感的一折腾，他也累了，也倦了，剩下的就是无所谓了。除了第一次婚外情刻骨铭心之外，其他的，就是简单寻欢，逢场作戏。

再后来，他就不光疲倦，而且也麻木了。不仅心灵会麻木，感官也会麻木。他就从女人身上上来下去，抚慰自己失去幸福感的身体和灵魂。女人年龄越来越小，他喜新厌旧的速度越来越快。开始时找一个女人，还能坚持个一年半载，到后来，几乎坚持不上三个月就倦。他耐性越来越差，脾气越来越坏。他想，这里可能根本无关道德和法律，也就以一种巨大的惯性下滑。

若不是身体健康方面的原因,他的快速下滑频率还停不下来。

也许是他自己年龄越来越大的缘故,他现在越来越定不住神,稳不住气。身体里也已经不像从前那样有一团火,在那次险些得了一场大病、患上脉管炎之后,他还曾经找过一个算命瞎子给算过命。瞎子问了他的生辰八字,告诉他以后要采气,采阴补阳。这也是他交往的女友年龄越来越小的一个原因,他要在她们青春光滑的身体上“吸气”。

他自己觉得 45 岁是个坎儿。人一问起岁数来,44 岁时还可以说 40 出头,45 岁时人就要说:哦,快 50 了。

快 50 了,能折腾的时间不多了,跟命运挣扎的时间也不多了。他也拼命想多干一点事情,赚不赚钱还是其次,主要是觉得自己在干事,有意义的事,同时也在想着济苍生,留英名。他们那一拨人毕竟还是接受过去年代理想主义教育、喜欢宏大叙事的一茬人,还有光荣与梦想。

只不过这梦想,一旦搅和进酒里和肉里,就什么也分不清了,全都化成屎尿流下。

倘若上苍假我以时日,我一定会克制,一定会从头再来,一定会做得更好。

他在心里祈求。

现在,恐怕什么都没有了,什么也干不成了。他没有时间,也没有那个机会了。

他这时候再给梁丽茹打电话,能跟她说什么?说抱歉吗?说是我对不起你,让你这些年受苦了吗?

这些，他都说不出口。他也是个有自尊心的人。他也是个极度脆弱的人。

行了。听到女儿的声音，也就心满意足了。

即便没有遗嘱，他想，女儿也是法定继承人。他身后留下的那些财产，足够女儿长大成人，上世界上最好的学校，举行世界上最豪华的婚礼，也够他将来的外孙长大成人了。

想到这里，他感到有几丝欣慰。

一切处理完毕，他感到平静了。

他这才心情平静地进卫生间，洗澡，到镜前刮胡须，趁着还有精神头，先给自己洗漱一新，换上出门穿的最好的衣服，又把要带去医院的衣服放到一个大塑料袋准备好。

打扮梳洗完毕，做好了一切准备。

又吃下两片退烧药，然后穿着衣服睡下。万一打 120，急救车来拉人，拉出去时能好看点。

又一天的太阳升起了，又是一个新的黎明。早上醒来，他发现连吞咽一口唾沫都特别困难，嗓子眼像针扎似的疼。照镜子一看，嗓子烂了。这时一颗心才"忽悠"地落地。扁桃腺起来了，嗓子周围红肿，溃烂处白花花的一片。这就证明是普通感冒。没有咳嗽，也没有痰，肺里没问题，跟他以前几次的发烧没有什么两样。

心情立刻轻松。仿佛起死回生。

立刻吃先锋六号消炎药，吃欧意消炎药，吃牛黄解毒消炎药。

狂吃消炎药。打电话让司机二柱子赶紧给买些绿豆来。绿豆一来，立刻煮水，喝下。又喝一大碗糖姜水，用来解毒。然后上床钻进被窝，蒙大被发汗。

这是他小时候感冒发烧时，他娘常给他用的消病土法。你还别说，土法上马，还真管用。他是命里注定就是一个老土，土得掉渣、土得眼花。一阵猛汗出来，又屙过几泡尿，身体轻松了。头一次这么轻松。轻松地睡去，竟然一天一宿无梦。

烧退后，第五天，早晨，顾跃进从平稳的安睡中睁开了眼睛。他转了转脑袋，努力想了想，自己这是在哪里，然后又打量着周围这陌生而又熟悉的一切，像一个新生的幼儿打量着初到的世界。

再上下看看自己，一切完好无损。

他拖着虚弱的身体，努力下床，走到飘窗前，站了一会儿，又推开通往阳台的门。

一缕5月清早的阳光，“唰——”地砸了进来，晃了他的眼。

他赶紧把眼闭上，又睁开，右手遮在眉毛上，向远处眺望。

那迤逦的西山。古树。高天。苍穹。

京都五月，飞花流云。

活着，多么好！

9

于盈盈决定上前线，报名申请去“非典”定点医院采访。

她现在已经无所顾忌了。就像梁丽茹“死也要死在北京”的毒誓一样，她在心里发出的毒誓是：死也不能就这样被闷死。

的确是闷啊！太闷了！她在人世上活过了二十五年，从来没有这么闷过。隔离出来以后，她曾经拼命跟别人联系，想见人，想出去玩。可是从前的那些朋友、同学，一起蹦迪的、一块泡吧的玩友，现在全都各自龟缩在自己的安全角落里，谁也不肯出来。至于说她在单位的班呢，也基本上不用去上，各单位各部门现在都是领导值班，不需要他们这些无关紧要的人前去添乱，增大“非典”传播系数和概率。

待着无聊。实在无聊。若是没有那场隔离还好，她也许还待得住，十多天的隔离，都把她给闷怕了。一回到屋子里，她就会联想到刚刚过去的、跟一个老男人憋闷在同一个屋檐下拘着的痛苦。那痛苦，不是一般的痛苦，而是想把自己杀死、干掉的痛苦。并且，痛苦还在延续，顾跃进走后，屋子里不知哪个角落里，总像是在散发出他的气味，就是他身上的那种体臭，阴魂似的，经久不散。就仿佛是他要用这遗留下来的气味，故意让她想他，让她忘不了离不开他，故意把她自己的气脉搞乱，把她个人的气场搞糟。

她的感觉没错，那气味确实是留下来了。然而，却也不是顾跃进有意留的，基本上属于自然挥发，天然飘散。一个人的气味，就是属于一个人的“场”。顾跃进的体臭太重，气场太强，太霸，太悍，完全把于盈盈的那点小女人气脉给遮盖了，挥之不散，避之不及。

给顾跃进算命的那个瞎子说得没错，他的确是在“吸气”，采阴补阳。男女两人在一起时，气场的强弱分布是不一样的，强者一方总要呈胁迫之势，吸取弱势一方的“气”。那“气”是什么呢？就是她的青春、健旺、美丽、生动，以及生命力。他们两个人在一起，于盈盈永远只是“献气”，而顾跃进则是“吸气”，汲取她的血脉、精气。你不让他吸也没办法，他天生气脉就强，谁的气场强，就会自然吸取气场弱的一方的气。

在人们常见的老夫少妻人群中，也会出现这种怪现象：两个人在一起生活上一段时间，夫妻“连相”后，妻子就不再显少，而丈夫也不再显老。哪怕两人相差二三十岁，先前差别非常之大，一旦在一起蹉跎，状态体貌也就趋于一致。女的，就变得比实际年龄要老；男的，比实际年龄要少。

谁吃亏谁占便宜了呢？要说在变老和变少的问题上，当然不言而喻。但事情往往很难判断，爱情婚姻这东西，没有什么道理可讲，愿打愿挨而已。

而现在，于盈盈并没有抓住套牢顾跃进啊！连个顾跃进的毛也没抓牢呢，更别提他能给她点什么承诺了，结果就被他的体臭这么熏，她哪里受得了，哪里爱闻呢?！真是打心眼里排斥。

她就在房间里狂喷消毒液，喷空气清新剂，柠檬加薰衣草的那种,边边角角,反反复复喷到了,还是驱不出去。那气味是沾在牙齿尖,沾在发际线,渗透到内分泌里去的,最主要是源于她心底的厌恶,是一种心理气味。那怎能排得出去呢?

想躲。想出去散散心。想远离那种讨厌的气味。可是谈何容易! 这种时候,能躲到哪里? 哪也去不成。走到哪里,到哪个城市都会被隔离十来天。那她能干吗? 她还没有被隔离够是怎么着?

正在这百无聊赖着,正好,听说电视台第一批采访前线的人下来了,要再派一批人上去。在前线工作,最多只能两星期,医护人员也是,然后就要换下来休息。因为那是高强度的工作,体力消耗大,连续作战以后人身体的免疫力会下降,容易得病,所以必须轮换下来休息。出来后他们还要隔离观察十四天,确保没有问题后才能解除隔离。

新闻部人手不够,就向别的部门招募第二批上去的人员。因为是自愿报名,不像新闻部里的人是强制参加,所以别的部门里并没有太多人响应。尤其是那些拖家带口的人,就更不可能说主动申请上“非典”前线。

于盈盈脑子一热,心里一烦,就说:我去。

她一边申请报名,一边还不太正经地对部门的主任说:头儿,我没那么大的宏愿,我就是有点待腻了,就是死也不能待在家里闷死。

头儿说:行,丫头,算你狠! 你狠你也不能说出这种话来。生命是宝贵的,对每个人都只有一次。这次去了,你也一定要给我活着回来。

于盈盈纳闷，心说：你这才叫狠呢！干吗说得那么狠，活着不活着的？难道去了就是个死？

等到各部门人马会齐了，台里给他们开壮行会，各种出征送行仪式从部里一直开到台里，于盈盈这才变得严肃了，小脸绷得紧紧的。

仪式是伟大的。人类没有仪式，就将失去庄严；人类失去仪式，文明无以凭仗。仪式赋予人类活动以崇高感、神圣感。当于盈盈看到飘扬的大红旗帜、主席台上一张张凝重的脸，听到第一批从前线回来的人的感人事迹时，当她接过出征的锦旗、大红证书，还有那张极其特殊的人身意外险保单时，她才仿佛意识到自己这种选择的庄严，才仿佛知道了自己这是要去哪里，究竟要去干什么。

才仿佛知道，什么叫命悬一线！

才突然间对她所厌烦的家、厌烦的空气有了留恋。

部里的送行会上，同事们都来了。这种时候，大家都待在家里，就是发奖金、发个金杯银碗什么的人都不一定爱出来，更别说开个什么会。谁也不来。但一听说本部门的于盈盈要上前线了，凡在北京没出城的同事们竟全来了。

于盈盈从来没有感到自己像现在这样被重视过，成了众人关注的中心，她挺不好意思的，很拘谨，不知该说什么。像他们这种部门，平时大家都是各干各的，除了常合作的几个人以外，大多数人她还都不太熟悉呢。听到别人问这问那，诸如盈盈还需要我们帮点什么忙啊，家里有什么事没有，父母在老家那边都好吧……于盈盈一边回答不用不用，都好都好，一边感觉心里头温暖，热乎乎的。

吃饭聚餐肯定是不方便出去吃了。主任想得周全，就订了外卖，让酒店给送来，并略备薄酒，给小于壮行！

同事们于是就轮流举杯，跟她碰杯，祝她此行顺利，一切顺利。平平安安。一定平平安安！

于盈盈一边饮酒，一边流眼泪，不光是激动，还是吓的。她这时有点设身处地地体会了什么叫“风萧萧兮易水寒，壮士一去兮不复还”，也体会了电影里演的古人临征战前歃血为盟、洒泪诀别的心情。单腿跪地，长剑刺泥土表皮，道一声：大哥，你尽管前去，身后，小弟我一定替你给父母养老送终……之后一饮而尽。

悲壮。

也才真正知道，这一去，非同小可。说不定，就回不来了。

敬酒时，那个三十多岁的老女人樊梨花，就是整天把脸皮在美容院里磨砂，磨得脸上一点绒毛都没有了，紧绷得跟猪尿脬一样透明的女人，这会儿也假模假式，端着酒杯过来，拿腔捏调地说：哎呀，盈盈啊，有什么事需要姐姐帮忙的？你看你这是替我们部门里大家去的呀！是为大家争光啊！

于盈盈小脖一梗，心里说了声“呸”，故意没理她，不跟她碰。这老女人，于盈盈自打一分来，就受她刁难。后来听说她跟现任部主任有一腿，生怕别人插进来，尤其新分来的漂亮大学生于盈盈，更是被她当成假想敌，使劲下绊，防着她。有两次于盈盈他们那个组做的节目应该报奖，都让她在主任面前进谗言给搅了。

对于现任主任，于盈盈根本没想去睡，自从她睡过的前一个主任被"双规"以后,她就忙着睡顾跃进,根本没心思在现任主任身上下功夫。现在看来,想睡还真睡不上,樊梨花盯得倍儿紧,容不得别人沾身。

你还别说,有时情场上这种与球场类似的贴身盯人战术,还真是有点威慑力,像狗在一棵树下叉腿撒尿,尿完以后,那棵树周围一转圈的领地,别的狗就不爱去了,嫌尿臊。

只不过,樊梨花她这么做,招人烦,有点老不要脸、仗势欺人的意思。于盈盈也不怕她,一想反正自己也不想在部门里怎么样了,无欲则刚呗,顶多你也就是不给我报奖,有什么了不起?管你是主任的红人还是情人的,我怕你作甚?

再者说,主任一个秃顶大老爷们,只要我不惹他,他也不会说是没事找事跟我一个小女子别扭、过不去吧?

这么一想,于盈盈就更不怕她了,"不在淫威之下低头",这是她的想法。

见于盈盈不理她,樊梨花讨了个没趣。但她毕竟年长,有经验,也就自己把酒一沾唇算是敬过了。

部门主任送她出来时说:盈盈哪,回去收拾收拾,看还有什么要办的。该给父母打电话就打个电话。

于盈盈说:好的。我会的。

回到家,收拾行装,看有什么未竟事宜。一时心里竟有些乱,有些慌。

看来真得告个别了。要跟谁告别呢?顾跃进?她想都不想。

别的人,包括同学、朋友,算了,就别惊动他们了。过两天每天的实时报道一出来,他们在电视里就全都看得见。

跟父母说一声吧。说什么呢?

想来想去,还是不能告诉他们。

但是,真的万一自己染上,回不来了呢?

忽然就一下子揪心。从来没这么揪心。

想想,还需要告诉他们点什么。

拿起电话,拨通。是妈妈接的。先跟妈妈说一些闲话,诸如北京情况怎么样了啊,“非典”人数下降了多少啊,等等,有一搭无一搭的,放烟幕弹,缓冲气氛。

又说:妈,咱家里有老鼠吗?我这里最近总是闹老鼠。

妈妈说:没有啊。怎么会平白无故闹起老鼠?哎呀,老鼠会不会传染“非典”哪?

于盈盈说:不会。还没听说老鼠会得“非典”呢。它们就是总咬我床底下的鞋盒,把我那里的存折都给咬破了。

妈妈说:傻孩子,现在谁还把存折放鞋盒里啊?赶紧拿出来,找个安全地方放吧。

于盈盈说:是啊,可能过两天我得去银行修补一下,重开一个。妈你生日是不是1952年9月4号?我没记错吧?

妈妈说:没错,我跟你爸生日就差一天,岁数差两年,所以俺俩总是同一天庆祝生日。

于盈盈说:我说的嘛,我生怕把你生日记错,到时候按错密码,连自己的钱也取不出来了。

妈妈说:哦,真巧了,我在家里存钱就是用你的生日做密码。

于盈盈假装兴奋地说:哦,是吗?妈您可真是我妈啊!

母女又扯了些闲话。于盈盈又问:我爸在家吗?我跟他说几句话。妈就把电话递给了一旁看电视的爸爸。

爸爸说:盈盈啊,我看电视里报的,北京每天新增“非典”人数没下降多少啊!实在不行你就回来,回家来躲躲……

话没说完,这时妈妈也在旁边插话说:你让她回家来吧,湖北到现在还没发现“非典”呢。

于盈盈说:好吧,知道啦。你们就放心吧。没事呀!没那么邪乎。这么多北京人在城里都怎么活的?该回去的时候我自然就回去啦!你们俩也要多保重啊,让我妈没事要多出来散步,让我爸去公园打打太极拳。

放下电话,长出一口气。该说的话都说完了,自己银行存折的位置、密码,都告诉他们了,妈妈一点也没觉出什么。万一自己出不来,银行里那点钱,就算给父母养老,尽了自己做女儿的一点孝心吧。

一想,长这么大,还一直没来得及孝敬父母,没有给父母往家里买点啥呢。原还打算等自己工作挣了钱,买了房,让他们过来养老,享享福。自己在北京这么些年,父母却只来过一次,还是自己刚上大学那年,父母一起来北京送她,他们不舍得住宾馆,连学校里的招待所都不舍得花钱住,却要跑出老远,走出几里地去住极便宜的地下室。

可怜天下父母心啊!他们节衣缩食,供养自己念完了四年大学。自己参加工作两三年,却没有能力接他们来北京玩一次。等到攒下了一点钱,让他们来游玩一趟时,他们一听女儿每月还要花钱租房住,就死活也不肯来……唉,女儿无能啊!

想到这里,她眼圈一红。这才觉得情绪有点控制不住了。

25岁,自诩为"早已刀枪不入"对万事无动于衷的于盈盈,哭了。

自从上大学后,她就几乎没哭过。尤其她上的这类兼具娱乐与传媒功能的大学,不是让人哭,是培养人怎么去笑,以自己的笑换取公众的笑的。

现在,当她意识到,她说的每一句话都形同跟亲人诀别时,她哭了。

之前,她还大哭过一次,那就是前些日子听说了张国荣的死讯。她跟一群张国荣迷和铁杆粉丝在三里屯酒吧里一起听张国荣的歌,边听边哭,边哭边道:哥哥你好狠心!哥哥你撇开这个世界不要,撇开热爱你的人独自走了。

哥哥啊!哥哥耶!

他们哭得眼泪滂沱,像模像样。

而在今天,她才体会出眼泪的分量,亲人间生离死别的分量。

她把她的存折、保单从柜子里拿出来,又找出一个鞋盒,将里面的鞋子取出,将装有存折的信封放进去,塞到床底,估计是她父母有可能一下子就找得到的地方。

放好,归置好。

眼泪,又一次噼里啪啦往下掉。

于盈盈上了前线后，一切轻佻和戏谑都不复存在了，只有庄严、肃穆、惊心动魄，以及动魄惊心。

这是一个巨大的“生死场”。在这里，生与死的较量、牺牲与奉献的无畏，让她重新理解了世界，也使她洞明了人性。

她从来没有工作得这么正经过，也从来没有这样严肃认真过。

一个人如果懂得了死，便也就充分明白了生。

中国新闻网报道：三军白衣战士进入北京小汤山野战医院。

从解放军各大军区紧急抽调 1200 名医护人员，支援北京市组建非典型肺炎收治定点医院的工作正紧张进行。首批来自北京军区、沈阳军区、济南军区和总后勤部直属单位 300 多名医护人员已在 4 月底到位。解放军首批医护人员入驻北京小汤山。

中新网 5 月 6 日电　随着第三批 312 名医务人员 5 日按时抵京，全军和武警部队紧急抽调 1200 名医务人员支援北京小汤山非典定点医院的集结任务宣告完成。为支援首都决战“非典”，连日来，受抽调单位出现了“父亲为儿子请缨”“新婚妻子鼓励丈夫上‘前线’”一幅幅动人画卷。①

于盈盈他们一行人是乘坐专门的 120 密封车，进到“非典”定点医院的。到了指定地点，一穿上防护服，立刻感觉不一样了。在高达 30 多度的气温下，披挂上三层隔离服、隔离鞋袜，戴上三个 16 层的棉纱口罩，扣上让眼睛闷得直起水雾的护目镜，登时气晕，憋

---

① 中国新闻网，http://www.chinanews.com.cn.

闷，仿佛有千钧重。生命有千钧重。即便这样，他们也要仔细检查防护服上的每一道褶皱、每一道缝隙，不疏漏每一个微小的细节。

在这里，一切都生死攸关、性命攸关。

他们从来没有离死亡这么近。死亡无所不在，在包围着的空气里，在浮尘、喷嚏、汗液、体液、一句简单的对话、查房、插管、皮下注射里，还存在于防护服的裂隙、口罩的缝隙、护目镜的不严中。

一粒粒肉眼看不到的细菌，形同麻风病、鼠疫、天花、斑疹伤寒、霍乱，也敌得上美军轰炸伊拉克的导弹大炮。

到处都是白花花的一片。

隔离服。消毒水的味道。

生命的脆弱。病床上高烧的病人，挣扎，强烈的求生欲望，扭曲而无助的脸，艰难与死神搏斗的神情。

来回穿梭疾跑的护士。闷在防护服里大汗淋漓，却无法去擦一下额头的医生。

静脉注射，找不到血管，情急之下，摘下手套用手来给病人扎针的护理人员……

每一分钟，人们都在与死神抗衡，与魔鬼斗争。不光是病人，还有她，他们新闻工作者，还有医生护士，似乎也时刻与死神碰面，一次又一次都与死神擦肩而过。在看不见摸不着的死亡细菌里穿行。

她想，若是在战场上，还会有片刻的停战，休息、安全、松弛。这儿没有。只要一进医院，每一处空气都是战场，每一平方米场地都是敌占区。

她理解了医护人员的紧张,高度戒备状态。处于这样的状态之中,一天下来,人就几乎累瘫了。

工作环境异常艰苦。于盈盈他们前线记者也跟医护工作人员一样,套上鞋套,穿上防护服、隔离服,忍受高温和衣服里的憋闷,紧张忙碌地开展工作。为了防止交叉感染,他们也像医生一样,每进一个房间就要换掉最外层的隔离服。不厌其烦,反复做着同一套程序。

采访的难度不小。他们既要把真实的抗"非典"情况展现给大家,同时又要注意保护、尊重病人的隐私。什么样脾气的病人都有,有的是一家人得上的,有的是一群人在工地上染上的。大多数都不喜欢被人拍照、让外人知道自己得上了这个病。

他们都是征求过病人意见后才给镜头。有些不让照的,以及那些处在高烧昏迷之中,自己没有行为能力表达意见的,他们就必须小心调整角度,避开病人的脸,只照医护人员的忙碌景象。也有一些症状减轻已经脱离危险的病人,怀着劫后余生的庆幸,乐意在镜头前表示对医生护士们的感谢,感谢白衣天使将他们从死神手里夺了回来。

连续几天的实时报道下来,他们都感到疲乏不堪。主要是防护服里的憋气、缺氧,让人眼前金星乱冒,时不时地头晕。于盈盈还凑合,肺活量小,跟她一组的摄像,那个一米八几的小伙子,天天穿着三层隔离服扛着巨大摄影机的,几天下来,就顶不住了,感觉心脏不舒服,蹲在地上就站不起来了。一旁的急救队赶紧上前让他将氧气袋吸上。这是医院专门为这些工作人员临时组织起来的急救队,专门抢救这些救治病人的人。

于盈盈最发怵的是上厕所问题。防护服穿上后,连体密封的,不好脱,脱一次,皮肤在卫生间裸露出一次,就要来回重新消毒,把所有繁缛的消毒程序重新来上一遍。

男的可能还好说,撒尿的间隔时间长;而女人,普遍尿道短,稍微喝一点水,就很容易频繁走肾。于盈盈这时体会到了做女人的苦楚。她不知那些几乎占三分之二的女医生护士是怎么忍受的,又是怎么处理的,就悄悄向身边的一个年轻护士请教。护士说:哪有什么好办法啊,就是少喝水呗。我这一天到晚只有晚上结束工作回来才敢多喝上几口水,白天根本不敢喝。还有一个办法,就是穿上那种尿不湿。

于盈盈一听,为了不频频跑厕所而耽误工作,干脆自己两个办法同时用吧,可以双保险。她打电话给部里,说需要送一些尿不湿来,解决如厕问题。部主任把这个任务交给了女同志樊梨花去办,第二天,樊梨花就让人把东西送了进来,同时还有一大包牛奶饼干巧克力糖果。樊梨花特地附了一张便条:盈盈,希望咱俩能早日消除误解。盼你平安回来。

于盈盈心里其实早把这事忘掉了。她现在关心的是生死,跟这里的所有人一样,先是求生避死,然后是工作。在生死面前,世俗的一切事情都是小事了。

穿了尿不湿,也有一个问题,就是不会尿尿了,有心理障碍,站着,怎么也尿不出来。走到无人处,假装蹲下整理鞋套,采用平时如厕的姿势,也仍然尿不出来,憋得膀胱要炸了。只好还去厕所方便。

以后就只好越发地少喝水，控制排尿量。可是不喝水，高温出汗又多，隔离服里的于盈盈很快出现了脱水现象，身体极度虚弱，体质迅速下降。

她这时才体会到医护人员们有多么难，尤其是女医护人员们，遭的是一份什么罪！

她还是用最后的力量咬牙坚持着，坚持站完最后一班岗，等待换班换岗时刻的来临。

在前线的日子，于盈盈忍不住又哭了一次，她是听说，一个孩子，父母全是医生，因为护理病人而被感染，不幸双亡，孩子转眼间成了孤儿。还有一对恋人，女方要随部队上"非典"前线，男友提出提前结婚，然后把新婚妻子从洞房直接送到出发上前线的车上。那个新娘就是教给她穿尿不湿的年轻护士。

此前，于盈盈在电视里也曾看到类似场面，丈夫抱着孩子送妻子上前线，父亲送儿子前来参加抗击"非典"。那时她还不以为然，以为是电视台有意安排的。她还听说医护人员上前线，是一种强制性的命令，去也得去，不去也得去，否则开除公职。

但是，如果真想要退缩的话，开除公职，本无所谓。在保命和保工作之间，哪头重哪头轻，一眼就看得出来。网上曾报道说台湾就发生了医院医护人员集体冲线逃跑事件。

这个时候，考验人的，是职业的道德和良心，是牺牲与奉献精神。

这个问题，不提不行了。只要一置身于那个具体的环境，就知道这不是在拔高，不是在说空话，而是实实在在的良心和道德考验。

现在，她信了，设身处地地信了：这些医护人员，即便是在执行公务，也是一种奉献与牺牲。为他人的奉献与牺牲。人类需要彼此间的服务与牺牲。

她在解说词里写道：没有人作秀。没有人愿拿妻子或儿子的性命作秀。没有人愿意冒这个险，愿意一结婚就成鳏夫，愿意老来无依、白发人送黑发人。他们是用亲人间彼此的爱做砥柱，在给对方积聚力量，给对方积聚抗拒病毒的力量。而他们此刻对亲人唯一的盼望就是：活着回来。

当别的台记者都只在讲"奉献"的主题时，于盈盈做深度报道，站在医护人员角度，从人性的深度挖掘，得出了自己的结论：

第一，活着。

第二，热爱生活。

第三，珍视幸福。

第四，人类需要彼此地服务与牺牲。

这是日常生活中的真理，是平静生活中的箴言。当瘟疫、战争、饥馑、灾荒等灾难来临时，人性中最宝贵的品质就闪出了熠熠动人之光。

于盈盈做的节目反响很大。

等到她工作期满，出来，到了隔离区观察静养时，已经累得虚脱了。

记者尚且累成这样,医护人员该辛劳成什么样子?

又是120密封车,把他们这一批十几个人送到北戴河海滨隔离修养。那里原本是电视台的度假基地,现在封闭起来,用来犒劳从前线下来的记者。

北戴河,黄金海岸,海天一色,波浪起伏。他们这些个累得面黄肌瘦、摇摇欲坠的人,一下了车,就被这腥咸的海风猛地一吹,吹得腰杆也站直了。那个扛机器累倒的小伙子煞有介事,站在海边,迎风做出拥抱姿势,大声抒情道:啊,空气啊!啊,氧气!你是我的心、我的肝、我的肺!我是多么多么爱你,多么多么需要你!

众人都跟着哗然大笑。

这个季节,北戴河海滨没什么人来,四处一片静谧安详,果真是个养生的好地方。于盈盈每天除了吃饭、睡觉、按时量体温、跟同事们拱猪、贴纸条、打牌、聊天,她更喜欢吃过饭后一个人独自到海滨漫步,从鸽子窝到浪礁岛,踩着柔软的沙滩,呼吸海风,感受海浪,观赏海鸥,看暴雨来临时大海怒涛翻卷的气势,探察海岛深处森林的蓊郁葱茏。

这回,同样是隔离,于盈盈却没有感觉到丝毫的憋闷。她有说不出的自豪感、成就感。

大海呵!眼前这天高水阔的,一望无际的大海,海面白帆点点,天空鸥鸟飞翔。海水在阳光下变幻莫测,有时是蓝,有时是绿,时而却是几近透明的颜色。这个来自湖北小城的姑娘,平生只见过一次大海,那还是毕业实习的时候到南方时见的,却远没有北方的海这样有气势,棱角分明,波澜壮阔,却又摸不着看不见的,化有形为无形。她站在岸边,任海风吹拂,一种说不出的东西,把她的胸中鼓满了。大海洗涤了她心中的浊气,涛声让她感觉从里到外被洗濯一新,脱胎换骨。她的内心感到十分安静、充实。

于盈盈在生死场上立功,隔离出来后,她被提拔到了新闻部的一个时事栏目做编导。

社教部里只有部主任给她辞行,这回没有惊动大部分同事。主任说:小于啊,这是组织上对你的信任。到了新的部门,好好干啊。

于盈盈握着部门主任伸来的手,说:好的,我会的。

“非典”将于盈盈的生活洞穿了一个出口,让她看到了生命的本相和生存的本质。

她也看到同行们在生死场上的拼搏、劳作。尤其那几个已经很出名的记者主持人的工作态度,她服。每个人都不是随随便便就成功的。她信。她现在信。他们都是以生命做抵押、为代价,以极端的敬业态度、超人的忙碌和辛苦,赢得荣誉、信任和功绩。

关于那些人的种种花边新闻和小道传说(尤其是女人),她也曾产生过猜疑和嫉妒。现在,她都放下了。即便是真的像传说中那样,也不值得一提,就像她和顾跃进的那一段,不值得一提。

生死场上的历练,让她成熟起来了。

她的眼神更加澄静、笃定。

一个追求成功、想要出人头地的外省女孩,终于结束了内心一段飘摇的历史,神情笃定地上路了。

顾跃进出来后，只找过她一回，想让她帮忙找电视台的人前来做宣传。他们给前线的医护人员捐款1000万元。这仿佛是他感冒发烧大病归来以后的大彻大悟，财富生不带来死不带去，生前就要积极地散财、祈福。其实不用彻悟，他也会这么做的。看到别的部门和单位纷纷在捐款捐物，他立刻让自己的属下也去买药品、买防化服衣物，还有一张1000万元的支票，一起要捐献给前方医护人员。打电话到于盈盈单位，单位领导说她下去了，到前线医院采访“非典”去了。顾跃进的心头惊了一下，觉得这种行为有点不像她。他随后也就放下，不再去想。

这种义举，不用找熟人，跟任何一个媒体一打招呼，就会有人兴高采烈上门找料的。

因为他捐助的款额巨大，影响也散布到了全世界，电视里不光是国内频道实况播出了他递交支票捐款的仪式，连针对海外广播的外语频道也对他进行了专访。

顾跃进又是一脸大白，腮边轻微涂了粉影，精神抖擞、英俊干练，坐在电视镜头前，出语铿锵，表示他十分有信心在党中央国务院的领导下，跟全国人民一道众志成城战胜“非典”，也有信心他的充满传统民族风情的楼盘，能够打造出新北京新奥运的形象。全世界的华人、广大的爱国侨胞，危急关头，你们一定要鼎力相助，相信我们、支持我们啊！

结果，在其他各个楼盘受“非典”影响，销售状况普遍低迷时，他的楼盘却赢了高分。当国际卫生组织宣布将北京疫区的禁令解除时，大批海外人士最先来找的就是顾跃进老板和他的“帝都烟云”。

这是后话。

10

高考的日子来到了。

顾跃进还记得女儿的考试日期,他想要去考场看豆豆,打电话给梁丽茹,梁丽茹说:等到她考完第一科出来再看吧,免得影响情绪。顾跃进想一想,说:那也好。

梁丽茹刚在电视里看到了顾跃进,他正在跟“非典”医院的院长举行隆重的捐赠支票仪式。从电视里看上去,他老了,也胖了,鬓角出现丝丝白发。不管他怎么化妆捯饬,用粉底遮盖,给别人留下的印象是一个中年才俊、风流倜傥的地产老总,梁丽茹却能透过他脸上夸张的大白,看到岁月带给他的磨砺和沧桑。是啊,他们都老了,都不年轻了,这一晃,女儿都该考大学了。

不知为什么,她现在已经能平静地面对他的影像,已经能够平静地跟他说话了。

考试的前一天晚上,梁丽茹嘱咐女儿早点睡。豆豆将明天要带的准考证、纸、笔什么的又检查了一遍,把它们一一放在书包里,很听话地早早进自己房间上床了。待了一会儿,豆豆又走出来,说:妈,太早了,我有点睡不着。让我跟你说说话呗。梁丽茹说:好吧,但是不能说太长时间,就给你十分钟。等考完了试,咱们俩再使劲说。豆豆说:等考完了试,我就正式长大跨入成人行列,就要脱离你们的监护,到那时候,可能就没话说了。

梁丽茹笑笑,说:傻孩子,你在父母眼里永远是个孩子,走到哪儿我们都得监护你,脱离不了。

豆豆说:我已经18周岁,我已经有公民权了。

梁丽茹笑笑,说:有公民权你就不是我的孩子了?

豆豆忽闪着大眼睛,像想起了什么似的,说:妈,跟你说件事,你要答应我。

梁丽茹说:什么事?有事明天再说还不行啊?十分钟到了,你快点回去睡觉。

豆豆说:我说完了肯定就去睡。不过你得答应我。

梁丽茹说:好吧好吧,我答应你。什么事?快说吧。

豆豆说:妈,你跟我爸离了吧?

梁丽茹惊愕,说:你……你这是说什么呢?小孩子,别管大人的事。

豆豆说:我不是小孩了。这个事也有我一份。妈,你想想,你们都不幸福,我能感到幸福吗?

梁丽茹说:这丫头,怎么什么话都说?

豆豆说:妈,别以为我不知道,其实,我什么都明白。我们班里有一大半同学的父母都不是原版的了,这没什么。离了婚,我爸不还是我爸,你不还是我妈?

梁丽茹感叹道:傻孩子,你不懂。等将来你也恋爱、结婚,也成个家,你就会懂了。

豆豆凑上来，脑袋瓜儿拱在她胸脯前，说：妈，我愿意看见你幸福。

梁丽茹抚摸着女儿一头浓密的长发：去吧，好孩子，听话。早点睡吧。

豆豆这才像了结一桩心愿似的，踢踢踏踏地回自己屋睡去了。

梁丽茹内心感喟：女儿真是长大了，有点让人不认识了，已经可以坦率跟她交谈一些成年人的话题了。

她默默地收拾房间，拾掇被豆豆扔了一地的课本、习题、参考书、模拟卷子。豆豆认为这些东西再也没用了，她说她一辈子也不想再看到它们。梁丽茹捡起豆豆扔到桌子下的“三模”卷子，一看，那上面得的分数还不低。“三模”是最接近正式考试水平的模拟考试，若照这个水平正常发挥的话，豆豆考上大学应该没问题。梁丽茹感到一丝欣慰。梁丽茹随便翻了翻，看到豆豆语文卷子中的作文得了很高的分数。老师根据2002年的高考作文题目《心灵的选择》，押了类似的作文题《牺牲与奉献》，是以“非典”时期白衣天使们的无私奉献为例说起的。梁丽茹坐下来，认真读起豆豆写的作文：

牺牲与奉献

我在这个世界上生活了十几年，受到过很多奉献与牺牲的品德教育。凡是涉及有关“自我”与“他人”之间的利益取舍的时候，有时还是很难决定，尤其是像上“非典”前线这样一些跟性命有关的事情，更不是一下子就能决定得了的。个人利益重要，还是集体利益重要，凡事当前，是舍弃小我保大我，还是放弃集体保个人，在当今这样一个物质发达、物欲横流的时代，当这个问题摆在面前时，对谁都不能不说是一个考验。

我们早在小学时的教科书里就听过，战争年代革命先烈的光辉事迹。董存瑞舍身炸碉堡，黄继光英勇堵枪眼，邱少云宁可大火烧身也要守纪律，刘胡兰年纪轻轻就为人民献出生命……我想这些英雄人物，在生死抉择的一刹那，是没有时间来考虑自己，来做内心的激烈思想斗争的，而是“本能”在起作用。这个“本能”，就是靠日常的爱国主义集体主义教育一点一滴积累而成的。

我们也听说过和平时期的雷锋、孔繁森、焦裕禄的先进模范事迹，他们也是奉献的典型。他们本可以过更好的日子，然而还是选择了吃苦和奉献，为的是让更多的人得到幸福。

我也想到了我的父母，他们都在本职岗位上在为社会进行着奉献。我的父亲盖起“广厦千万间”，大庇天下“寒士”俱欢颜。我的母亲是一名大学教师，她辛勤工作，培养莘莘学子。他们虽然名不见经传，不能载入青史，然而在我心里仍旧是伟大的，是对社会有用的人。

最近流行的SARS，我看到了医护人员的奉献，非常感动。他们在生死关头的抉择，许多人都因为护理病人而染上病毒死去。他们的牺牲死得其所。他们是这个时代一群最高尚的人，他们的美德永留人间。

作为跨世纪的一代新人，我们必须时刻坚持学习，加强自身修养和道德品质教育,革命先烈抛头颅洒热血打下来的江山,绝不能在我们这一代人手里失传。那些在平常日子里为人民服务、为他人奉献的光辉品德,要发扬光大,而在非常的日子里舍身救人的那些医护人员,他们做出的非凡举动,就更令我们永世铭记与感动。

我们要以医护人员为榜样,严格要求自己,在祖国最需要我们的时候,毫不犹豫,挺身而出,为国家的强盛、人民的幸福,尽自己一份绵薄之力,在为他人的奉献之中,找到自己生命的价值。李大钊烈士说过:“绝美的风景,多在奇险的山川。绝壮的音乐,多是悲凉的韵调。高尚的生活,常在壮烈的牺牲中。”这个铮铮誓言,可以作为我们的座右铭,鼓励我们加强理想和信念,都要争取过高尚的生活,做这个时代高尚的人。

看完之后,梁丽茹心里激动万分。女儿呵,这可真是长大了,成熟了。有了这么一个优秀的女儿,真让她感到从心眼里往外地自豪,感到欣慰。尤其让她没想到的是,豆豆还将自己的父母也作为论据写入作文中。她这样写是什么意思呢?她是不是想用父母在社会上的成绩来掩盖自己没有幸福童年的忧伤?

梁丽茹又一想,也许是自己多虑。孩子的世界,原本没有多么复杂,要说复杂,也都是大人们给想复杂了。

豆豆上高中以后给送回娘家后,性格好多了,慢慢变得开朗起来,恢复了她小时候的健康与活泼。父母亲那个大家庭里的温暖和爱意融化了她心里的坚冰。姥姥姥爷的爱,二姨小姨和两个姨夫的爱，还有跟小弟小妹在一起的打闹痴玩，都让她汲足了正常人间的爱意和养分。豆豆回到那里比待在自己身边要好，否则很容易受到自己抑郁情绪的影响。

她也很相信自己父母的教育能力，他们培养出她们姐妹仨，三个大学生，如今退休后，又接着培养隔代人。父母是她所见到过的最好的一对夫妻，相敬如宾，从没见他们当面红过脸、吵过架。她们姐妹几个耳濡目染，形成了跟父母一样的爱情观、价值观、婚姻家庭观念。她们都相信“忠贞如一，新美如画”“执子之手，与子偕老”那些话。

但是时代变了。有些生活她把握不住了。人们都有点把握不住了。

然而，变也好，不变也罢，万变不离其宗，终归有一个信条，那就是：人生在世，就是要追求幸福。

我幸福吗？梁丽茹问自己。

回答：是的。

她现在可以回答：是的。

平静，而毫不违心地回答：是的。

她有工作，有事业，有父母的爱、女儿的爱，还有顾跃进的爱。

当初他的离开，未必是不爱，只不过是对一如既往生活的疲沓和厌倦。也许不是针对她，却是着实把她闪了一下，让她感觉受到伤害。

然而，奇怪的是，当时间消平了恨和怨、旧有的恩情，还会偶尔泛上心来，滋润她、滋养她。

她想，她可能就是这么一类人。命里注定了。就是这么一类人，善于从痛苦中自欺欺人汲取养分，善于把颓败往事幻化成温馨回忆，在诗书画的白日梦里沉浸，于平凡枯燥的工作中体会创造的快乐，以孤独和坚韧体会着辽远的宁静和幸福。

命里注定了，就是这样一种人。也可能，像她这种人还有一大群。工作，旅游，孝敬父母，培养子女成人，看着学生们一茬一茬离校，走入社会，长大成人。

这就够了。她愿意这样。

她已经走过了这世界的许多地方，她也经历过这世界许多悲欢离合的事情。世界再大，不过就是一间书房。她愿意自囚于这一方小小乐土，享受生命隐秘而又生生不息的快乐。

在这个六月清风徐来、树木葱郁的夜晚，在苜蓿花和金盏菊的邈远香气中，一条发着柔辉的爱之路，从一个女人书房的灯光里延展而向远方……

6 月8 日，一个历史性的日子。

海淀中关村的高考考场，一片肃穆而又忙碌的景象。考生，家长，监考老师，医生，警卫人员，一片白花花的口罩的世界。黄色隔离线，测温仪，随时待命的120 急救车，更增加了几分紧张。这不像是考场，反倒有点像全民皆兵的防毒军事演习。

人们纷纷而来，紧张而有序。学生测量过体温以后，鱼贯而入考场，家长们一律给隔离在外。

梁丽茹目送戴着口罩的女儿进去，看着女儿那窈窕的身影，很快融进无数个学生当中。她退到远处，内心甚至有点恍惚。女儿，是什么时候长大的呢？好像就是昨天。昨天，她还是一个穿着连衣裙、上蓝天幼儿园的小娃娃，还是戴红领巾的小少先队员，还在啦啦啦啦地唱着夏令营的那首营歌：

夏天的晨风轻轻吹，
美丽的眼光照耀四方。
密密的绿叶散发着清香，
美丽的小鸟在歌唱。
少先队员要去野餐，
我们的心情多么欢畅。
啦啦啦啦啦啦……

怎么，她突然之间就长大了呢？

终于等来了女儿长大成人的这一天。

不如说，等来了她自己充满自信与内心宁静的这一天。

女儿啊，她望着女儿的背影默默在心里说：妈妈永远和你在一起。

顾跃进开车来接女儿。他跟女儿有一年没见了。还是去年女儿暑假回来时见了一面，后来就进入高三冲刺复习阶段，豆豆寒假里也没能回来。他们就只能打电话互通信息。他好不容易把车挤进数百辆车的缝隙中停下，出来，看了看表，离考试结束还有几分钟，然后又跟数百位家长一起在隔离线外的树荫下，焦急地等待着。

他看见了，看见了。透过白杨树、山毛榉，悬铃木悬垂的密密绿绿的影子，他看见了自己的女儿，花朵初绽的美丽少女，窈窕的身材，甩动长发，披一袭金色的阳光，灿烂地走来。

他的胸口猛地一热：我的女儿！你是天底下最美的小女人！我的宝贝！纵然是拿全世界所有的财富来交换你，我也不换！

这就是女儿啊，那个生下来时皱皱巴巴、像个小老头儿似红通通的小鬼，从她一睁眼来到这个世界，他和她妈就像饲养一个小动物一样地抱着哄着她，就被她哇哇的哭声吵得彻夜睡不着觉（那时他们还不懂是因为小孩子缺钙才会昼夜啼哭），喂奶洗尿布，看着她一天一天露出美丽的人形，看着她会爬会翻身会坐，会走路会说话，看着她一张小脸盛开得像一朵花。怎么，一转眼，就成大姑娘了？

"老爸——"女儿看见他，离老远就叫了一声，快跑几步，亲亲热热地扑了过来。

"哎——"顾跃进答应一声，瞬间竟然有点羞涩。

一刹那，他闻到了少女纯洁的香气，闻到小姑娘身上仍未褪去的甜甜的奶香，他甚至闻到了血缘的气息——真的，那是，巨大的、血缘的气息，猛烈地将他一击，击得他昏昏欲醉，几乎晕厥。

那是基因的味道，是打断了骨头连着筋的血脉之香。凭着那香气，他们不管彼此失散多久，都会相互找到，都会迎面凭此认出对方。

顾跃进怀里拥抱过数不清的女人，鼻腔里也嗅到过数不尽的女人气息，然而他还是从女儿身上的味道里，一下子就找到了自己，认出了自己。

女儿啊！我的至爱！

他和女儿紧紧相拥，又一下子放开了。

抬眼，他也看到了梁丽茹。他不昧良心地说，梁丽茹漂亮了。他是从她20岁时开始认识她的，从那时的青涩，到他离家出走时的黄脸婆，似乎都已经淡忘了，然而一见面，一切却都恍若昨天，仿佛他们从来就不曾分离。没想到，到了40多岁时，她变得漂亮了。是一种说不出来的变化，一种成熟的自信和妩媚。

前来采访的于盈盈在远处看到了这一幕。看到了这幸福的一家三口，看到了女儿的漂亮。刹那，她有点黯然，她忽然觉得自己有点老了，虽然不过才25岁，但在一个美丽如花的18岁少女面前，似乎也堪称“老女人”。她这时方觉得自己以前对比自己年长者的称呼太刻薄。谁都有一天会老。年轻不是资本。年老也不是罪过。

她看到了顾跃进。这又是那个顾总，她初见时的那个帅气的顾总，公众面前的那个一表人才的地产老总，宝马车，名牌衣服，古龙香水，Guy Laroche 摩丝，高大伟岸，目光高傲。就连他鬓角的几丝白发，也在阳光下熠熠闪着光，分外耀眼。他们分开有多久了？没有分开多少天，一个月？不到一个月吧，感觉上却如此陌生，仿佛从来不曾相识。

她也看到了梁丽茹，一个温婉的女人，苗条，很精干，也很利落。记得她曾经问过顾跃进，他老婆是干什么的，他只回答说，是大学教授。就这一句，完了，别的绝不再提。

“女大学教授”，这词在这个时代，并不是个褒义词，让人联想到女强人，多少有点悍，有点霸，肥胖，叼着烟，烫了头，戴眼镜，蜡黄脸，皮肤表面颗粒粗大，上面布满熬夜抽烟备课熏出的蝴蝶斑。

梁丽茹却不像，完全是向相反方向发展。

奇怪，在她见到梁丽茹的那一瞬间，于盈盈竟没有嫉妒，却只是想：跟这样的男人过日子，不容易啊！

于盈盈带领着她的摄像，握着话筒扛着机器上前采访。对不起，打搅一下，她说，一看你们就是幸福的三口之家。您的孩子也参加高考了吧？今年是“非典”时期一次非常特殊的高考，您能跟我们谈谈您现在的心情吗？

这话是先对着一家之主的男主人说的。顾跃进乍一见到她，略微有点吃惊，几秒钟的慌乱过后，待到摄影师的镜头一瞄上来，他就立刻调整好情绪，端正了表情，面对镜头侃侃而谈：孩子是祖国的未来，幸福的家庭生活对铸就孩子的心灵非常重要。他们在这个特殊的年月、特殊的时期参加高考，他们不应该忘记考场上这些为他们服务、做出无私奉献的老师、医生、警卫以及培养他们的家长。

话筒又转向孩子的母亲梁丽茹，梁丽茹只简单地说：人们都应记住今天，也都不会忘记今年这个特殊的年份。我希望我的孩子能取得好成绩,将来成为一个有理想、对社会有用的人。

最后又让豆豆说几句,豆豆说:我希望能考上理想的学校。

采访毕。于盈盈说:谢谢顾总。我也真心地祝福你们全家。

然后,她款款而去,从容、淡定地袅袅走进6月的阳光里。

顾跃进和女儿都看着她渐渐远去的美丽背影。

只有梁丽茹表情微妙。刚才她听到电视台女记者的一句"谢谢顾总",她无来由地就称呼他为"顾总"。这么说,她是认识他的。他们应该早就认识的,却要在她面前装假、做戏。

于盈盈一出现,她的直觉是不对味,顾跃进一刹那的紧张和慌乱就被她不经意地捉在了眼里。雌性动物对于同性身上所带来的某种不安和空气震动,嗅觉异常灵敏。直到于盈盈最后说漏了嘴,叫出一声"顾总",她才敢确认她的敏感不是空穴来风。

可是,这一切还有什么关系呢?现在,这一切对她来说,可又有什么要紧呢?

顾跃进建议一家三口去吃一顿饭。豆豆拍手欢呼雀跃。这时,旁边的一个同学对她喊:豆豆,过来,咱们来对一对题。豆豆转身走过去,跟几个同学叽叽喳喳地对题,对答案。

趁这工夫,梁丽茹把一张纸交到顾跃进手里。

什么?

离婚协议书。她说。

你……这是干什么?

我已经准备好了。

她说。

豆豆这时在一旁喊:老爸老妈,快走啊!

他们扭过头去,一起望着孩子。

远处,一群鸽子凌空而起,四处升腾愉快的哨音。

粉色的合欢花花瓣铺满了草地两旁。

6 月的阳光如雨般洒在他们的头上、肩上。

灿烂的天空在旋转、旋转……

——全文完——

2003 年 10 月—2004 年 3 月

写于北京以北